Le petit mercure

Une collection de textes courts : contes, nouvelles, correspondances, préfaces, interviews, manifestes, essais, pamphlets, fragments, poèmes.

Deuxième livraison :
neuf textes choisis par Chantal Thomas
Le XVIIIe siècle des femmes

Marie-Thérèse d'Autriche

Madame ma chère fille

Choix de lettres et préface de Chantal Thomas

Mercure de France

Ce texte est extrait de l'édition de la librairie Firmin-Didot, Paris 1874, parue sous le titre *Correspondance secrète entre Marie-Thérèse et le Comte de Mercy-Argenteau avec les lettres de Marie-Thérèse et de Marie-Antoinette*. Cette édition était établie par M. le Chevalier Alfred d'Arneth et M.A. Geffroy ; les notes sont également d'eux sauf celles portant les initiales C.T. qui sont de Chantal Thomas.

Document de couverture : Elisabeth Louise Vigée-Lebrun, *Portrait en pied de la reine Marie-Antoinette en grand costume de cour, une rose à la main* (détail).
Versailles, musée national du château
© Photo R.M.N., Paris.

ISBN 2-7152-1961-X

Une maternité politique

En l'absence de descendance masculine, l'empereur Charles VI décide d'instituer sa fille Marie-Thérèse son héritière. Il lui donne l'éducation d'un dauphin, la prépare à sa future tâche de chef d'État. Enfin, il tente de lui assurer par la Pragmatique Sanction le support d'une caution légale ; mais celle-ci, étant donné l'importance de l'héritage, ne convainc pas à l'unanimité. Ainsi l'accession au pouvoir, en 1740, de Marie-Thérèse, alors âgée de vingt-trois ans, déclenche la guerre de Succession d'Autriche. Frédéric II, roi de Prusse, réclame la Silésie, tandis que l'Électeur de Bavière, soutenu par la France, se bat pour obtenir la couronne impériale. Guerre longue, meurtrière, à l'issue de laquelle Marie-Thérèse perd la Silésie, mais est reconnue impératrice d'Allemagne, reine de Hongrie et de Bohême. Après une trêve de huit ans, les hostilités reprennent avec Frédéric II : c'est la guerre de Sept ans, qui s'achève en 1763.

Se sentant héritière de droit divin, sûre de sa vocation à régner, Marie-Thérèse cependant n'a pu s'imposer que par les armes. Défendant avec une rigueur inébranlable les principes d'une religion support de son autorité, Marie-Thérèse est également vindicative, impérialiste, toujours prête à recourir à la violence pour faire triompher ses prétentions. (Elle le prouve, par exemple, en 1772, lors du partage de la Pologne entre l'Autriche, la Prusse et la Russie.) Cette double constante de son comportement est hallucinée avec horreur par Michelet, dans une sorte de cauchemar wagnérien : « Cette femme de vingt-huit ans, toujours grosse ou nourrice, avec sa beauté pléthorique, ivre de sang et bouffie de fureur a beau être dévote, on voit ses filles en elle, et le fantasque orgueil de Marie-Antoinette et les emportements de la sanguinaire Caroline. » Michelet reprend l'un des leitmotive des révolutionnaires de 1789. Ils dénonçaient Marie-Antoinette, l'« Autrichienne », comme fille de sa mère ; l'historien, plus rétrospectif, accuse Marie-Thérèse d'être la mère de ses filles. L'idée reste la même, et aussi haineuse et viscérale soit-elle, elle désigne bien un des traits de l'impératrice : la manière dont elle ne distingue pas entre pouvoir d'engendrement et pouvoir politique et fait naturellement servir ses enfants à ses plans de stratégie diplomatique ou militaire. Elle leur a donné la vie, mais cette vie, à ses yeux, est indissoluble de la maison des Habsbourg, de ses intérêts, de son décorum. Elle n'est pas individuelle, comme le montre cet épisode de la jeunesse de Marie-Antoinette : « Lorsque l'empereur Joseph II perdit sa femme, elle lui fut enlevée en peu de jours par une petite vérole de la plus mauvaise qualité. Son cercueil venait d'être déposé dans le caveau de la famille impériale. L'archiduchesse Josèphe, accordée au roi de Naples, au moment de quitter Vienne, reçut de l'impératrice l'ordre de ne point partir sans avoir été faire une prière dans le caveau de ses pères ; la jeune archiduchesse, persuadée qu'elle gagnerait la maladie dont sa belle-sœur venait d'être la victime, regarda cet ordre comme son arrêt de mort. Elle aimait tendrement la jeune archiduchesse Marie-Antoinette, elle la prit sur ses genoux, l'embrassa en pleurant et lui dit qu'elle ne la quitterait pas pour se rendre à Naples, mais bien pour ne la plus revoir[1]. » *En effet, elle mourut de la petite vérole et fut remplacée auprès du roi Ferdinand IV par sa sœur cadette. Du point de vue des liens entre Vienne et Naples, aucune différence. Mais ce serait faux de dire que Marie-Thérèse n'en ressentit aucune peine. La chose est plus complexe, moins psychologique (ou relevant d'une autre psychologie), comme en témoignent ses lettres à Marie-Antoinette, dont le mariage est,*

1. Madame Campan, *Mémoires*, Paris, Mercure de France, 1988, p. 36-37.

de sa part, le fruit de plus de dix ans de négociations avec le comte de Choiseul.

Cette correspondance commence en 1770 (année de l'arrivée de Marie-Antoinette alors âgée de quinze ans) et s'achève en 1780, avec la mort de Marie-Thérèse. Elle n'est jamais débordée par l'émotion. Elle ne suit pas, comme celle de la marquise de Sévigné avec sa fille, ou celle de Julie de Lespinasse avec le comte de Guibert, la dictée imprévisible du manque, son urgence. Son ton spontané, amical, ne doit pas nous faire oublier son sens profond (la poursuite d'une politique d'alliance avec la France) ni le dispositif de contrôle, sinon d'espionnage, dont elle participe. Marie-Thérèse envoie chaque début de mois une lettre à Marie-Antoinette et une au comte de Mercy-Argenteau, ambassadeur de Vienne en France. Le courrier arrive vers le quinze à Versailles, il repart avec une lettre de Marie-Antoinette, et deux lettres de l'ambassadeur : la première nommée « rapport ostensible », la seconde « rapport secret » (tibi soli), et dans laquelle Mercy tient un journal minutieux des faits et gestes de Marie-Antoinette, et des dernières nouvelles de la cour. Mercy suggère à celle qu'il nomme « Sacrée Majesté » quels conseils adresser à sa fille. Celle-ci, de son côté, ne cesse de s'étonner de l'extraordinaire clairvoyance de cette mère douée du don d'ubiquité, à qui, même de loin, rien n'échappe (Marie-Thérèse se renseigne aussi par les gazettes et en interrogeant les voyageurs qui reviennent de Versailles). C'est ainsi qu'elle se voit réprimandée pour ses robes, ses coiffures, ses sorties nocturnes sans son époux, ses courses à cheval, la rareté de ses lectures, sa dissipation, le choix de ses amies, etc. Marie-Antoinette, confondue par ce mixte de manipulation, de cynisme et de tendresse dont se marquent toutes les lettres de sa mère, est à son égard, depuis son plus jeune âge, partagée entre l'amour et la peur. Sans doute se sait-elle dépassée par l'ampleur de vue maternelle, et par la souplesse avec laquelle Marie-Thérèse joue d'un perpétuel glissement du registre politique au registre familial, et vice versa : « Voilà assez politiqué, revenons à nos tendres intérêts... » et cette tendresse inspire l'envoi de portraits, de médaillons, de mèches de cheveux... Mais si Marie-Thérèse ne néglige jamais l'infime, le concret – l'échange d'objets entre la mère et la fille doit pallier une séparation définitive, et maintenir vivante la mémoire des visages et des lieux d'enfance –, elle ne cesse de se préoccuper d'une question majeure : sur l'échiquier des rapports internationaux, quel rôle peut-on confier à Marie-Antoinette ? C'est la question décisive, simultanément intime et politique, de son influence sur son époux. Au début du règne de Louis XVI, l'impératrice écrit à Mercy : « La cour de France doit m'intéresser non seulement par la situation de ma fille, mais encore plus par les rapports que la France a avec les autres monarchies de l'Europe et surtout avec la mienne » (16/6/1774). Un peu plus tard, elle constate : « Malgré la confiance que le roi semble témoigner jusqu'ici à ma fille, je me doute qu'elle n'aura jamais beaucoup de part aux affaires ; indépendamment du système politique de la France, son inapplication y mettra toujours un obstacle trop fort. Je crois donc qu'on pourra se contenter si elle conserve assez de crédit pour influer dans le choix des ministres et pour empêcher que les princes et princesses ne prennent de l'ascendant sur le roi » (16/7/1774). Assurer et maintenir le crédit de sa fille auprès du roi et sur « le théâtre du grand monde », tel est le but auquel tendent toutes les recommandations de Marie-Thérèse. Marie-Antoinette ne doit jamais oublier qu'elle est étrangère, en un pays et une cour majoritairement hostiles à l'Autriche – et sur l'avenir desquels l'impératrice, pour qui les Lumières c'est le Diable, a les plus noirs pressentiments. Elle doit donc se modeler sur les coutumes en usage, ne pas faire de confidence, se renfermer : « ... dissimulez, ne relevez rien et restez bonne ; c'est l'unique moyen de soutenir la paix chez soi » (13/2/1772). Surtout, pour s'établir en tant que reine, elle doit avoir un fils, perpétuer la dynastie : « C'est pour cela que vous êtes appelée. » Marie-Antoinette, encore dauphine, est loin de traiter le problème à la légère : « Vous saurez sûrement, ma très chère maman, le malheur de Mme la duchesse de Chartres, qui vient d'accoucher d'un enfant mort; quoique cela soit terrible, je voudrais pourtant en être là, mais il n'y en a pas encore d'apparence, quoique M. le dauphin couche toujours avec moi et qu'il me traite avec toute son amitié » (13/10/1771). L'impératrice revient constamment sur cet article. Elle – qui en vingt ans de mariage avec son bien-aimé François de Lorraine a eu seize enfants, dont dix restent vivants (les filles, au contraire de leurs frères, reçoivent une éducation négligée), elle pour qui enfanter est si banal qu'elle étudie des dossiers jusqu'à la dernière minute, et qu'il lui arrive de profiter des douleurs de l'accouchement pour se faire arracher une dent ! – ne peut comprendre la stérilité du couple Louis XVI Marie-Antoinette. Elle s'inquiète de la jeunesse et de la timidité du roi, condamne l'habitude française de faire lit à part, finit par soupçonner un problème plus sérieux (qui sera résolu, au bout de sept ans de mariage, et sur les objurgations de Joseph II, par une petite intervention chirurgicale sur Louis XVI). Quand, après la naissance d'une fille, baptisée Marie-Thérèse, elle ne constate aucune nouvelle grossesse, elle s'exclame : « ... il nous faut un dauphin. Jusqu'à cette heure j'ai été discrète, mais à la longue je deviendrai importune » (30/6/1780).

Scrupule qui, en réalité, n'effleure jamais Marie-Thérèse. Car, lorsqu'elle veut savoir l'heure du coucher de sa fille, guette la date de ses règles, s'immisce entre ses draps pour l'exhorter à être caressante, ce n'est pas en tant que femme qu'elle parle, mais en tant que chef d'État. Plus exactement, et à l'opposé de la répulsion physique de Michelet pour cette hyperfécondité, son corps sexué est indissociable de sa volonté impériale. Ou, pour reprendre les analyses de Ernst Kantorowicz sur les deux corps du Roi[2]*, le corps naturel et le corps politique,*

2. Cf. *Les Deux Corps du Roi*, traduit de l'anglais par Jean-Philippe Genet et Nicole Genet, Paris, Gallimard, 1989. Ernst Kantorowicz à propos du caractère supranaturel de la

Marie-Thérèse se vit entièrement dans le nimbe du sacré. Sa maternité relève de son génie politique. Loin de l'inscrire du côté accidentel et friable du temps humain, elle la situe dans l'éternité, selon cette conception mystique et médiévale selon laquelle « un Roi ne meurt pas ».

Chantal THOMAS

Chantal Thomas, directeur de recherche au CNRS, spécialiste du XVIIIe siècle, est l'auteur de plusieurs livres dont *Sade, L'œil de la lettre* (Payot, 1978), *Casanova, Un voyage libertin* (Denoël, 1985), *La Reine scélérate* (Seuil, 1989), *Thomas Bernhard* (Seuil, 1990), *Sade* (Seuil, 1994), *La vie réelle des petites filles* (Gallimard, 1995).

---

royauté (pouvant aller jusqu'à la sainteté) rappelle qu'« au XVIIIe siècle encore, les Hongrois saluaient leur reine *Moriamur pro rege nostro Maria Theresia* » [nous jurons de mourir pour notre roi] (p. 398).

Madame ma chère fille

21 avril 1770.

Règlement à lire tous les mois.

Ce 21 avril jour du départ. – À votre réveil vous ferez tout de suite, en vous levant, vos prières du matin à genoux et une petite lecture spirituelle, ne fût-ce même que d'un seul demi-quart d'heure, sans vous être encore occupée d'autre chose ou avoir parlé à personne. Tout dépend du bon commencement de la journée et de l'intention dont on la commence, ce qui peut rendre les actions même indifférentes bonnes et méritoires. C'est un point sur lequel vous serez très exacte ; son exécution ne dépend que de vous, et il peut en résulter votre bonheur spirituel et temporel. Il en est de même avec les prières du soir et examen de conscience ; mais je répète encore, celles du matin et la petite lecture spirituelle sont des plus importantes. Vous me marquerez toujours de quel livre vous vous servez. Vous vous recueillerez pendant le jour le plus souvent que vous pourrez, surtout à la sainte messe. J'espère que vous l'entendrez avec édification tous les jours, et même deux les dimanches et les jours de fête, si c'est coutume à votre cour. Autant que je souhaite que vous soyez occupée de la prière et bonne lecture, aussi peu voudrais-je que vous pensiez introduire ou faire autre chose que ce qui est de coutume en France ; il ne faut prétendre rien de particulier, ni citer ce qui est ici d'usage, ni demander qu'on l'imite ; au contraire il faut se prêter absolument à ce que la cour est accoutumée à faire. Allez, s'il se peut, l'après-dînée, et surtout tous les dimanches, aux vêpres et au salut. Je ne sais pas si la coutume est en France de sonner l'angélus ; mais recueillez-vous alors, si non en public, du moins dans votre cœur. Il en est de même pour le soir ou en passant devant une église ou croix, sans vous servir cependant d'aucune action extérieure que de celles qui sont de coutume. Cela n'empêche pas que votre cœur ne puisse se concentrer et faire intérieurement des prières, la présence de Dieu étant à cet effet le moyen unique dans toutes les occasions ; votre incomparable père possédait en perfection cette qualité. En entrant dans les églises, soyez d'abord pénétrée du plus grand respect et ne vous laissez pas aller à vos curiosités, qui causent les distractions. Tous les yeux seront fixés sur vous, ne donnez donc point de scandale. En France on est très édifiant dans les églises et toujours en public ; il n'y est pas, comme ici, des oratoires qui sont trop commodes, donnent souvent lieu au relâchement dans le maintien et de la facilité à se parler, ce qui scandaliserait beaucoup en France. Tant que vous pouvez, restez à genoux, ce sera la contenance la plus convenable pour donner l'exemple. Ne vous permettez aucune contorsion, qui est l'air d'hypocrisie ; il faut, surtout dans ce pays-là, éviter ce reproche. Vous ferez, si votre confesseur l'approuve, vos dévotions toutes les six semaines, de même que les grands jours de fête, et nommément de la Sainte Vierge; dans ces jours ou la veille, n'oubliez pas la dévotion particulière de votre maison pour la Sainte Vierge, dont elle a aussi éprouvé une protection particulière en toute occasion. Ne lisez aucun livre, même indifférent, sans en avoir préalablement demandé l'approbation de votre confesseur : c'est un point d'autant plus nécessaire en France, parce qu'il s'y débite sans cesse des livres remplis d'agrément et d'érudition, mais parmi lesquels il y a sous ce voile respectable bien des pernicieux à l'égard de la religion et des mœurs. Je vous conjure donc, ma fille, de ne lire aucun livre, même aucune brochure sans l'avis de votre confesseur; j'exige de vous, ma chère fille, cette marque la plus réelle de votre tendresse et obéissance pour les conseils d'une bonne mère, qui n'a en vue que votre salut et votre bonheur. N'oubliez jamais l'anniversaire de feu votre cher père, et le mien à son temps : en attendant vous pouvez prendre celui de ma naissance pour prier pour moi. Le point relativement aux Jésuites est encore un de ceux sur lesquels vous devez vous abstenir entièrement de vous expliquer, ni pour ni contre.

Instruction particulière.

Ne vous chargez d'aucune recommandation; n'écoutez personne, si vous voulez être tranquille. N'ayez pas de curiosité; c'est un point dont je crains beaucoup à votre égard. Évitez toute sorte de familiarité avec de petites gens. Demandez à M. et à Mme de Noailles [1], en l'exigeant même, sur tous les cas, ce que, comme étrangère et voulant absolument plaire à la nation, vous deviez faire, et qu'ils vous disent sincèrement s'il y a quelque chose à corriger dans votre maintien, dans vos discours ou autres points. Répondez agréablement à tout le monde, avec grâce et dignité : vous le pouvez, si vous voulez. Il faut aussi savoir refuser. Dans mes États et dans l'empire vous ne sauriez vous refuser à accepter des placets, mais vous les donnerez tous à Starhemberg, et vous adresserez tout le monde à lui, ou à Schaffgotsch, si le premier était empêché, en disant à tout le monde que vous les enverrez à Vienne, ne pouvant rien faire de plus. Depuis Strasbourg vous n'accepterez plus rien sans en demander l'avis de M. ou de Mme de Noailles, et vous renverrez à eux tous ceux qui vous parleront de leurs affaires, en leur disant honnêtement qu'étant vous-même étrangère, vous ne sauriez vous charger de recommander quelqu'un au roi. Si vous voulez, vous pouvez ajouter, pour rendre la chose plus énergique, « l'Impératrice ma mère m'a expressément défendu de me charger d'aucune recommandation ». N'ayez point de honte de demander conseil à tout le monde et ne faites rien de votre propre tête. Vous avez un grand avantage, que Starhemberg fera avec vous le voyage de Strasbourg à Compiègne ; il est très aimé en France, il vous est très attaché. Vous pouvez lui tout dire et tout attendre de ses conseils ; il restera encore huit à dix jours à Versailles. Vous pouvez m'écrire sincèrement par son canal ; tous les commencements de mois j'expédierai d'ici à Paris un courrier : en attendant vous pourriez préparer vos lettres pour les faire partir tout de suite à l'arrivée du courrier. Mercy[2] aura l'ordre de l'expédier d'abord. Vous pouvez de même m'écrire par la poste, mais sur peu de choses, et que tout le monde peut savoir. Je ne crois pas que vous deviez écrire à votre famille, hors dans les cas particuliers et à l'empereur, avec qui vous vous arrangerez sur ce point. Je crois que vous pourriez encore écrire à votre oncle et tante[3] de même qu'au prince Albert. La reine de Naples[4] souhaite votre correspondance ; je n'y trouve aucune difficulté. Elle ne vous dira rien que de raisonnable et d'utile ; son exemple doit vous servir de règle et d'encouragement, sa situation ayant été en tout et étant bien plus difficile que la vôtre. Par son esprit et par sa déférence elle a surmonté tous les inconvénients qui ont été grands ; elle fait ma consolation et a l'approbation générale : vous pouvez donc lui écrire, mais que tout soit mis en façon à pouvoir être lu par tout le monde. Déchirez mes lettres, ce qui me mettra à même de vous écrire plus ouvertement ; j'en ferai de même avec les vôtres. Ne faites aucun compte sur les affaires domestiques d'ici ; elles ne consistent que dans des faits peu intéressants et ennuyants. Sur votre famille vous vous expliquerez avec vérité et ménagement : quoique je manque souvent d'en être entièrement contente, vous trouverez peut-être que c'est ailleurs encore pis, qu'il n'y a ici que des enfantises et jalousies pour des riens, qu'autre part c'est bien plus soutenu. Il me reste encore un point par rapport aux Jésuites. N'entrez dans aucun discours, ni pour, ni contre eux. Je vous permets de me citer et de dire que j'ai exigé de vous de n'en parler ni en bien ni en mal : que vous savez que je les estime, que dans mes pays ils ont fait grand bien, que je serais fâchée de les perdre, mais que si la cour de Rome croit devoir abolir cet ordre, je n'y mettrais aucun empêchement ; qu'au reste j'en parlais toujours avec distinction, mais que même chez moi je n'aimais pas à entendre parler de ces malheureuses affaires.

Vienne, 2 décembre 1770.

On est toujours très content de vous ; quels heureux moments ne me faites-vous passer, mon cher enfant ! L'approbation publique ne me tranquilliserait pas entièrement, mais le duc et la duchesse Aremberg ne peuvent assez m'en écrire, mais surtout le témoignage de Mercy, qui est content de vous. Me voilà sur le point où sûrement vous avez déjà cherché avec précipitation de me trouver : c'est de monter à cheval. Vous avez raison de croire que jamais je ne pourrais l'approuver à quinze ans ; vos tantes[5], que vous citez, l'ont fait à trente. Elles étaient Mesdames et point la dauphine ; je leur sais un peu mauvais gré de vous avoir animée par leurs exemples et leurs complaisances ; mais vous me dites que le roi l'approuve, et le dauphin, et tout est dit pour moi : c'est eux qui ont à ordonner à vous, c'est dans leurs mains que j'ai remis cette gentille Antoinette ; le monter à cheval gâte le teint, et votre taille à la longue s'en ressentira et paraîtra encore plus. J'avoue, si vous montez en homme, dont je ne doute, je trouve même dangereux et mauvais pour porter les enfants, et c'est pour cela que vous êtes appelée : c'est par là que votre bonheur sera constaté. Si vous montiez, comme moi, en femme, il y aurait moins à dire. Les accidents ne peuvent être prévus ; celui de la reine de Portugal et de plusieurs autres, qui n'ont plus porté depuis des enfants, ne rassurent pas.

Après vous avoir représenté tout, je ne vous marquerai plus rien et tâcherai de l'oublier, pourvu que des gazettes ne viennent nous conter des courses de la dauphine, qui de toute façon ne pourraient convenir ; mais je vous prends au mot, une grande princesse ne saurait manquer de parole ; vous me dites ces mêmes paroles et me promettez : « Je ne courrai jamais la chasse à cheval. » J'accepte l'offre que vous me faites, et à cet égard seul je veux tâcher de me tranquilliser ; mais point d'excuses ou subterfuges sur ce point. Je dois seulement ajouter encore que les promenades réitérées ou trop longues, si elles n'étaient même qu'au pas, à cause de la situation, si vous montez en homme, sont nuisibles : tout au plus une heure de promenade suffit, et j'ai vu dans une lettre particulière que vous y avez été commencement de novembre plusieurs jours de suite, et deux ou trois heures ; c'est trop, vous en conviendrez un jour, mais ce sera trop tard. Quelle raison aurais-je de vous priver d'une chose qui vous fait plaisir, si je n'en connaissais les conséquences ? Vous me rendrez cette justice, que de tout temps j'ai procuré à mes enfants toute la liberté et plaisirs possibles ; et commencerais-je par vous vouloir en priver, vous, qui me donnez tant de consolation ? Mais ne vous attendez pas que je vous en parle encore ; je viens de vous dire toutes mes raisons, qui partent d'un cœur tendre et maternel. Je vous en ai marqué les inconvénients ; vous êtes autorisée de l'agrément du roi, tout est dit pour moi, je ne vous en dirai plus rien : tâchez de vous modérer et suivez mes conseils, qui ne sont pas de trop, et je me tiens à votre parole, que vous me donnez, de ne jamais monter à la chasse.

J'attends le tableau de Liotard avec grand empressement, mais dans votre parure, point en négligé, ni dans l'habillement d'homme, vous aimant à voir dans la place qui vous convient. Je vous embrasse.

6 janvier 1771.

Madame ma chère fille,

À peine j'ai reçu le courrier ordinaire, qui ne m'est arrivé que le jour de l'an, qui est si occupé chez nous, que hier un autre courrier nous vint porter la disgrâce des Choiseul. J'avoue, j'en suis bien affectée ; je n'ai vu dans leurs procédés que du honnête et humain et bien attaché à l'alliance ; au reste je n'entre en rien dans les raisons que le roi en a eues, et vous y entrerez encore moins. Je souhaite que le roi les remplace bien et que leurs successeurs méritent aussi bien notre confiance. N'oubliez jamais que votre établissement était l'ouvrage des Choiseul, qu'ainsi vous n'oubliiez jamais de leur devoir de la reconnaissance. Vous avez plus besoin que jamais, ma fille, des conseils de Mercy et de l'abbé[6], qui, je crains, connaissant son honnêteté, sera fort ébranlé de ce coup; mais ne vous laissez induire dans aucune faction, restez neutre en tout; faites votre salut, l'agrément du roi, et la volonté de votre époux. Tâchez de tapisser un peu votre tête de bonnes lectures, elles vous sont plus nécessaires qu'à une autre. J'en attends depuis deux mois la liste de l'abbé, et je crains que vous ne vous aurez guère appliquée; les ânes et les chevaux auront emporté le temps requis pour la lecture; mais à cette heure, en hiver, ne négligez pas cette ressource, qui vous est plus nécessaire qu'à une autre, n'ayant aucun autre acquis, ni la musique, ni le dessin, ni la danse, peinture et autres sciences agréables. Je reviens donc toujours à la lecture, et vous chargerez l'abbé de m'envoyer tous les mois ce que vous aurez achevé, et ce que vous comptez commencer.

Je vous recommande d'être plus que jamais réservée sur tout ce qui se passe, de ne vous passer aucune confidence ni curiosité, si vous voulez conserver votre tranquillité et l'approbation générale, que vous avez conservée si parfaitement jusqu'ici ; convenez que c'est d'avoir suivi les bons conseils. Je suis fâchée de le devoir dire : même jusqu'à vos tantes, que j'estime tant, ne faites pas de confidences : je le sais pourquoi je le dis. Peut-être Mercy n'en est pas même informé, mais je ne vous le dis pas pour rien. Je suis enchantée des bals qui se donnent chez vous, et qui feront grand bien au dauphin.

Schönbrunn, 9 juillet 1771.

Le courrier étant encore arrivé plus tard qu'à l'ordinaire je n'ai pu l'expédier plus tôt ; il vous trouvera dans les plus grands amusements et plaisirs à Compiègne, et c'est bien là que je me flatte que vous aurez assez de tendresse pour moi de ne plus contrevenir à vos assurances, de ne point courir à cheval à la chasse. Si je n'en savais les inconvénients, pourquoi voudrais-je vous priver d'un plaisir si innocent ? Je me tiens donc ferme sur vos promesses, et veux me tranquilliser en attendant.

J'attends en vain tous les mois la liste de vos lectures et occupations ; l'abbé Vermond n'est-il plus avec vous ? J'en serais fâchée, mais encore plus s'il l'était sans que vous en tiriez profit. À votre âge on passe bien des légèretés et puérilités ; mais à la longue cela ennuiera tout le monde et vous-même, vous vous en trouverez très mal ; à votre place il faut des lectures, même des occupations qui puissent vous être utiles, vous attirer l'estime et considération, surtout à un pays où on est si bien instruit et ne passe rien aux autres, quelque grands qu'ils fussent. Je ne peux vous cacher qu'on commence déjà à en parler, et vous perdrez par là l'idée grande qu'on s'est formée de vous : point essentiel pour nous, qui sommes sur le théâtre du grand monde. Une vie continuellement dissipée sans les moindres sérieuses occupations influerait même sur votre conscience.

Je suis bien contente que vous êtes si bien avec votre belle-sœur ; il vous convient à vous deux de toutes façons d'être bien liées. Dieu veuille que les jalousies et tracasseries ne vous troublent. Vous m'avez enchantée en me marquant la nomination de M. d'Aiguillon et la destination de Rohan[7]; si ce dernier n'est pas estimable, surtout étant de l'état d'église, il ne rencontrera pas ici, et tout autre conviendrait mieux; mais comme vous dites fort bien, vous n'entrez pas dans les affaires, et je ne peux que vous animer de plus en plus de vous en tenir éloignée : elles sont trop embrouillées pour en oser même porter seulement un jugement, mais je dois vous avertir qu'on n'était pas content comme vous avez reçu ce nouveau ministre, et généralement que vous marquez à tout ce parti trop d'éloignement : aucune bassesse, ni les rechercher ni cajoler, mais vous êtes si bien qu'eux à la cour du roi, et vous devez comme enfants encore plus de respect et de soumission à ses volontés qu'aucun autre, sans entrer ou éplucher leurs mérites, d'où ils les tirent. Il vous suffit que c'est le roi qui distingue une telle ou un tel, que vous lui devez des égards, point des bassesses. Jusqu'à cette heure on a attribué que vous étiez dirigée par Mesdames, mais à la longue le roi pourrait s'en ennuyer, et vous devez savoir que ces princesses, pleines de vertus et mérites réels, n'ont jamais su se faire aimer ni estimer ni de leur père ni du public ; c'était la raison pourquoi je vous en ai déjà avertie souvent. On sait tout ce qui se dit et se fait chez elles, et à la longue tout restera sur vous, et vous en porterez le blâme toute seule.

Je ne suis pas fâchée que la comtesse de Provence n'est pas plus avancée dans l'état de mariage que la dauphine : ces Princes[8] sont effectivement trop jeunes ; il faut de la patience et beaucoup de douceur. Trop d'empressement rebuterait.

Schönbrunn, 17 août 1771.

Le courrier part cette fois-ci un peu tard : j'ai eu tout plein d'empêchements, et je commence furieusement à vieillir ; même, en travaillant, il me faut le double du temps dont j'avais besoin ci-devant. J'ai reçu votre portrait en pastel, bien ressemblant ; il fait mes délices et celles de toute la famille ; il est dans mon cabinet où je travaille, et la masse dans ma chambre à coucher, où je travaille le soir ; ainsi je vous ai toujours avec moi, devant mes yeux ; dans mon cœur vous y êtes profondément toujours.

J'attendais avec impatience ce que vous me direz sur ce que Mercy vous a dit de ma part ; mais j'ai vu que vous avez retardé cette conversation après le départ du courrier ; mais ce qui me rassure depuis, c'est que Mercy me mande que vous avez déjà, sur son conseil, commencé à traiter poliment le parti dominant, et même adressé quelques propos vagues, ce qui a fait un effet merveilleux. Je ne m'étends plus sur ce chapitre ; Mercy est chargé de vous parler clair ; je suis seulement charmée que vous vous êtes prêtée si promptement à son conseil. Je suis toujours sûre du succès si vous entreprenez une chose, le bon Dieu vous ayant douée d'une figure et de tant d'agréments, jointe avec cela votre bonté, que les cœurs sont à vous, si vous entreprenez et agissez; mais je ne puis vous cacher pourtant ma sensibilité, il me revient de toute part et trop souvent que vous avez beaucoup diminué de vos attentions et politesses à dire à chacun quelque chose d'agréable et de convenable, de faire des distinctions entre les personnes. On dit que vous vous négligez beaucoup sur ce point, on l'attribue à Mesdames, qui jamais n'ont su s'attirer l'estime et la confiance; mais ce qui est pire que tout le reste, on prétend que vous commencez à donner du ridicule au monde, d'éclater de rire au visage des gens : cela vous ferait un tort infini et à juste titre, et ferait même douter de la bonté de votre cœur; pour complaire à cinq ou six jeunes dames ou cavaliers, vous perdriez le reste. Ce défaut, ma chère fille, dans une princesse n'est pas léger; il entraîne après soi, pour faire la cour, tous les courtisans, ordinairement gens désœuvrés et les moins estimables dans l'État, et éloigne les honnêtes gens, ne voulant se laisser mettre en ridicule, ou s'exposer à se devoir fâcher, et à la fin on ne reste qu'avec mauvaise compagnie, qui entraîne peu à peu dans tous les vices. On répète partout que les Allemands ne sont pas distingués par vous : rendez justice au vrai mérite de cette nation. Si vous ôtez quelque ridicule dans l'extérieur ou prononciation, ou à se coiffer, vous trouverez au contraire bien de réels talents et du mérite en eux, dont tous les étrangers en font tant de cas.

Je puis me représenter votre embarras en refusant Broglie à cause de sa femme : je ne puis pas nier que je l'estime, m'ayant montré tant de zèle dans la situation la plus critique où je me suis trouvée, après la bataille de Prague. Vous pouvez dans les occasions lui marquer que je m'en souviens toujours. J'étais enchantée que Durfort[9] a eu les entrées chez vous ; il le mérite par ses qualités réelles, et ayant eu le bonheur de constater l'union par votre mariage.

Tout ce qui me revient de la façon que vous êtes ensemble, vous quatre jeunes gens, me fait grand plaisir : votre belle-sœur ne vous fait nul tort ou même concurrence dans la figure, mais son caractère est plus solide et avec plus de connaissances; vous n'avez donc qu'à gagner toujours étant liée avec elle, et naturellement vous aurez à passer de longues années ensemble. Il faut donc bien se lier et tirer parti pour votre particulier autant que pour l'État même. Tant que vous serez bien ensemble, il y aura peu de personnes qui oseront faire des tracasseries; mais la moindre froideur donnerait beau champ, et vous n'en ressentiriez que trop les inconvénients, tant pour votre repos qu'agrément.

Je vous avoue ma faiblesse : ce que vous m'avez marqué qu'à votre belle-sœur il faudrait un miracle, comme à vous, pour être grosse, m'a fait plaisir. Il n'y a que la trop grande jeunesse de ces Princes qui empêche nos souhaits et un peu de timidité, qui est commun à tous ceux qui ont été élevés avec innocence; c'est désagréable, mais bon pour l'avenir : ce charme une fois rompu, tout ira solidement bien.

Mercy me mande que le petit écritoire que je vous ai envoyé vous a fait grand plaisir; que vous avez tout de suite cherché mes fenêtres et avez dit les choses les plus jolies et les plus touchantes. Jugez quel effet cela m'a fait ; ne gâtez pas ce fonds de tendresse et bonté que vous avez, et ne copiez pas des originaux qui n'ont jamais réussi dans le public, nonobstant leur mérite réel : ce qu'on ne leur a jamais appris, ni même ils eurent des exemples devant eux pour pouvoir se former, et à vous cela est naturel, et vous en avez vu les effets merveilleux. Je compte que mes répétitions si souvent réitérées vous ennuieront moins, que d'être convaincue qu'elles sont dictées par ma tendresse, qui souhaite vous voir heureuse et cherche à éloigner les écueils de la jeunesse.

Vienne, 13 février 1772.

Je vous envoie sur cette feuille à part par Mercy ma réponse sur la vôtre du 21 janvier, où vous me marquez de vous avoir exécutée le jour de l'an à suivre mes conseils. L'effet a marqué que ces conseils étaient bons, et vous m'avez fait rire de vous imaginer que moi ou mon ministre pourraient jamais vous donner des conseils *contre l'honneur* : pas même contre la moindre décence. Voyez par ces traits combien les préjugés, les mauvais conseils ont pris sur votre esprit. Votre agitation après ce peu de paroles, le propos de n'en plus y venir, font trembler pour vous ; quel intérêt aurais-je que votre bien et celui même de votre état, le bonheur du dauphin et le vôtre, la situation critique où vous et tout le royaume et la famille se trouvent, les intrigues, les factions ? Qui peut vous conseiller mieux, mériter votre confiance, que mon ministre qui connaît à fond tout l'état et les instruments qui y travaillent ? Il n'a d'autre objet plus intéressant, et je puis dire, le seul, votre bonheur. Son attachement, sa capacité devraient vous tranquilliser et vous en servir, comme d'une ressource dans toutes les différentes occasions où vous pourriez vous trouver. Mais il ne suffit pas de l'entretenir seulement : *il faut suivre tous les conseils sans exception qu'il vous donnera : il faut, par une conduite compassée et suivie, vous mettre à même de suffire à tout.* Le roi est âgé, les indigestions dont il souffre ne sont pas indifférentes : il peut arriver des changements en bien et en mal avec la du Barry, avec les ministres. La conduite du comte de Provence mérite toute attention et circonspection. Vous trouverez assez de monde qui vous rapporteront, vous animeront contre eux ; mais gardez-vous bien : ces mêmes gens font peut-être la même chose chez eux. Évitez soigneusement toute scission dans la famille ; dissimulez, ne relevez rien et restez bonne ; c'est l'unique moyen de soutenir la paix chez soi. Je vous répète, ma chère fille, si vous m'aimez, de suivre mon conseil, c'est de suivre sans *hésiter* et avec *confiance* tout ce que Mercy vous dira ou exigera ; s'il souhaite que vous répétiez vos attentions vis-à-vis de la dame ou d'autres, vis-à-vis du comte de Provence ou elle, de le faire, d'être persuadée qu'il sait mieux que vous tous les ressorts dont on se sert pour brouiller les choses. On sait cela quand on est attentif et hors des différentes factions ; vous ne saurez l'être de même ; il faut tous les talents, tout l'attachement de Mercy pour s'être rendu si utile et nécessaire à vous ; il s'agit de votre bonheur : puis-je trop insister que vous suiviez ses conseils et les miens ?

Je vous envoie ce papier à part de ma lettre pour le rendre à Mercy, ne voulant qu'il puisse tomber en d'autres mains. Si vous voulez le reprendre tous les mois, vous pourrez le lui rendre cacheté, et lui ordonner de vous le rapporter pour passer et vous imprimer d'autant plus mes tendres conseils, qui ne finiront qu'avec ma vie, que vous pourrez rendre plus heureuse ou moins.

Vienne, 31 janvier 1773.

Madame ma chère fille,

Je suis bien contente que votre carnaval se passe si agréablement, et je n'entends parler que de votre figure et de la façon que vous dansez cette année : tout le monde trouve un grand changement, et Stormond vous a trouvée bien changée à votre avantage et a été bien content de votre réception. Continuez ainsi, cela ne peut vous coûter ; il ne faut seulement pas se négliger sur ce point, et cultiver la coutume que vous en avez ; cela devient à la longue entièrement naturel. Surtout je vous recommande de distinguer les étrangers, et leur adresser la parole, et à des gens d'un certain âge et rang qui viennent vous faire leur cour. Vous ne sauriez croire combien un regard, un salut, une parole de votre part ont d'effet sur ces sortes de gens : cela s'étend par tout le royaume. Ces bonnes gens ne sont pas accoutumés qu'on ne s'en occupe que pour être mis souvent en ridicule par les jeunes gens et courtisans. J'ai été aussi enchantée des mille écus que vous avez envoyés à l'Hôtel-Dieu. Vous dites fort bien que vous étiez fâchée qu'on vous en a parlé ; ces actions ne devraient être sues que de Dieu, et je suis bien sûre que vous l'avez fait ainsi ; mais les autres ont aussi leurs bonnes raisons de l'avoir publié, comme vous dites vous-même, pour l'exemple. Ma chère petite ! nous devons cet exemple, et c'est un point très essentiel et délicat de notre état. Le plus souvent que vous pourriez faire des actes de bienfaisance et générosité, sans vous déranger, le mieux serait, et ce qui serait une ostentation et prodigalité dans une autre est convenable et nécessaire chez nous. Nous n'avons d'autres ressources que les bienfaits et la bonté, surtout une dauphine ou épouse d'un souverain ; cet avantage même je ne l'ai jamais eu.

Je ne suis pas contente comme s'est passé le jour de l'an ; vous vous êtes trop préparée ; il faut le réparer à la première occasion ; le mois de février est bon pour cela comme celui de janvier. Je ne prétends pas trop en exigeant quatre ou cinq fois par an que vous adressiez sans affectation la parole à la favorite [10], et vous ne sauriez mieux confondre M. d'Aiguillon si vous ne lui donnez aucune prise sur ce point. Je prétends même plus ; votre contenance vis-à-vis du roi sera plus aisée, plus confiante, quand vous ne vous sentirez point de reproche sur ce point, car, au dire de tout le monde, le roi vous marque plus de tendresse que vous ne lui en marquez. On vous connaît une certaine gêne, qui ôte tout le mérite de vos actions, et ce bon père le mérite si bien !

Ma chère fille, voilà quatre points que je vous recommande avec toute la tendresse dont vous me connaissez capable. Ne dites pas que je gronde, que je prêche, mais dites : maman m'aime bien et est continuellement occupée de moi et de mon bien-être ; il faut la croire, la consoler en suivant ses bons conseils. Vous vous en trouverez bien, et toute ombre, qui vous a tant déplu, sera bannie à l'avenir dans ma confiance. Je ne vous dis plus rien sur ce sujet ; j'en ai dit tout ce qu'il fallait la dernière fois. Je ne garde jamais aucune rancune, ni *Verschmach*[11] ; quand j'ai dit ces choses, cela me suffit. Je suis sincère et exige une grande exactitude de sincérité et candeur vis-à-vis de moi ; n'étant nullement exigeante, mais bien complaisante, je peux l'exiger.

À Florence point de question d'Espagne, mais elle[12] est encore grosse de trois mois ; si ce voyage en Espagne a lieu une fois, il se fera par mer. Je souhaiterais qu'au retour elle puisse vous voir ; c'est une princesse d'une grande vertu et mérite, amoureuse de son mari. Pendant que tout le monde est au bal masqué, ayant même renvoyé toutes mes femmes, je passe des moments délicieux avec ma fille chérie.

Vienne, 4 mai 1773.

Je suis fâchée que le retard du courrier de l'autre mois vous ait causé des inquiétudes ; les mauvaises nouvelles se débitent toujours plus tôt, et vous pouvez être rassurée, s'il arrivait quelque chose à la famille ou à moi, qu'on expédiera des estafettes ; ainsi à l'avenir mettez votre charmant et tendre cœur en repos sur tous les retards, qui sont très faciles ; un accident peut arriver à un courrier, et comme ils passent par Bruxelles, il y a aussi des retards de ce côté ; mais, voyant le tendre intérêt que vous prenez à nous, vous serez servie, et toutes les semaines vous recevrez une lettre de vos sœurs ou frères, qui le font avec grand plaisir pour vous en procurer ; mais pour la correspondance de la Brandis, vous voudrez la laisser à l'arrangement pris par le courrier. L'empereur part après-demain et moi pour Schönbrunn ; mais les embellissements ne se feront plus que de petites choses de peu de valeur, et plutôt de commodités. Le voyage de l'empereur est bien plus long que de trois mois ; il sera de six, si tout s'exécute encore, surtout ce voyage en Pologne en octobre.

Je suis bien contente comme vous vous êtes comportée pour la maison du comte d'Artois, et on nous prête gratuitement bien des procédés que nous n'avons pas seulement en idée, voulant, tant par les liens les plus tendres que par ceux du bien de nos États et notre considération et le repos public, conserver et lier de plus en plus l'alliance qui subsiste si heureusement entre nous ; et j'avoue, ce qu'on nous a prêté en dernier lieu, de nous être alliés avec les Russes, fait voir combien il importe aux autres de dissoudre cette bonne intelligence, ce qui devait d'autant plus nous garder de leurs fausses insinuations, surtout de la Russie, qui nous a fait à peu près les mêmes confidences que la France la cherchait et lui faisait des avances à notre préjudice. J'avoue, la chute sur ce bruit de l'escadre de Toulon, que tous les ministres à toutes les cours étrangères ont tant fait valoir, hors celui d'ici, me fait de la peine par rapport à la considération de la France. J'avoue, elle joue le même rôle humiliant, et plus encore vis-à-vis des Anglais et même de ses alliés, que nous malheureusement vis-à-vis du roi de Prusse. Il y a pourtant une belle différence : la France a la mer entre, et toutes les frontières garnies de places, et nous le roi de Prusse à notre porte, sans avoir une seule place que le misérable Olmütz.

Voilà assez politiquer; Mercy est bien content comme vous saisissez les affaires; mais il faut aussi les suivre, et employer les moyens nécessaires. En suivant les conseils de Mercy vous ne ferez que suivre les miens, ayant à juste titre ma confiance et l'attachement à votre personne, et même l'alliance ; il pense en bon Français, comme bon Allemand. De Parme je n'ai rien, hors que le médecin écrit à Stœrck que la charmante petite-fille est toujours très incommodée, qu'on a même craint qu'elle ne tombe dans une consomption. Votre sœur s'avise aussi de faire le médecin, d'ouvrir les fenêtres, de ne lui rien donner à manger contre les avis des médecins ; c'est un grand malheur que son humeur et son entêtement. J'ai fait ce que j'ai pu, je ne suis pas éloignée de rouvrir la correspondance avec elle ; mais elle sera très courte, car elle ne suit et ne veut aucun conseil. De Parme on mande qu'ils ont prié le roi [13] pour être parrain et que, par ce moyen, ils comptent faire leur réconciliation ; je le souhaite bien et la durée. La reine m'inquiète ; elle se dit si grosse et si pesante à cinq mois, mais cela ne devrait être ; elle a eu quelques marques de fausse couche, après la saignée cela s'est dissipé ; mais je ne suis pas tranquille. Je ne suis pas réservée à cette consolation, ma chère fille, de vous voir dans cet état. J'avoue, c'est la seule chose qui pourrait m'intéresser encore à prolonger mes plus que tristes jours.

Schönbrunn, 3 octobre 1773.

Vos lettres du 15 et du 21 ne me sont parvenues que de douze heures de différence. J'étais bien contente que vous l'êtes de ma fleur [14], et j'espère que vous vous reconnaîtrez au pot; elle est justement arrivée pour vous en servir, recevant le corps diplomatique. Je veux bien que toute l'Europe sache combien je vous aime, et que mon bonheur consiste dans celui de mes enfants. J'avoue que les affaires de Parme me font grand plaisir; j'en souhaite seulement la continuation. Je ne sais si vous osiez une fois parler au roi et lui en marquer de ma part toute la reconnaissance, dont je vous ai chargée, de ma part, sachant qu'il a rendu les plus grands services en Espagne par ses bontés. Il est bien bon père; c'est la raison pourquoi j'exige toutes les attentions et soumissions de vous autres, et nonobstant tout ce que vous me dites sur ce chapitre, je gagnerais ma cause à toutes les universités ; mais je me flatte que vous ne me pousserez pas à bout : sans plaider nous nous accorderons, mais je ne puis attendre longtemps.

L'autre sujet de plainte n'est non plus bien éclairci : il est sûr que j'ai vos promesses en main, sans les avoir exigées, et vous les avez éludées : c'est de monter tant à cheval, surtout à la chasse. Je vous ai cité l'exemple de la reine de Portugal d'à cette heure, qui a fait sept ou huit fausses couches.

J'ai dissimulé tant qu'il n'y avait pas d'idée de mariage, mais à cette heure où vous me marquez que tout est en règle, je ne puis me taire, et vous êtes obligée de vous exécuter. Une femme mariée ne peut jamais répondre de ne pas être grosse et jamais il n'y a plus de danger que les premières quatre semaines. On ne peut même pas savoir si on l'est ou non. Je m'étends sur ce point non pas pour vous effrayer, mais pour vous réveiller à penser sérieusement que cet exercice, si vous continuez à vivre ensemble comme mari et femme, ne convient nullement.

L'exemple de la reine de Naples doit vous toucher et vous servir d'exemple, et le bon Dieu a béni son sacrifice, qui pour elle était bien plus grand que pour vous, n'ayant guère des ressources dans ce pays, et vous êtes au milieu du beau monde et des amusements. Je suis toujours contente en vous voyant si contente des courses à Paris ; jamais la reine, feu la dauphine, vos tantes n'y ont été, et le roi veut bien condescendre à tout cela, puisque cela plaît à sa petite dauphine ; quelle obligation lui en devez-vous ! Il va au-devant de vos souhaits : faites-en de même.

L'empereur vous écrira lui-même ; grâce à Dieu ! il se porte bien, mais il est bien maigri. J'étais fort contente des soins et attentions que vous aviez pour votre tante, qui a été incommodée ; cela est à sa place et ressemble à votre bon cœur. Comme vous avez parlé à Mme Marsan, cela est très bien, et je vous en suis obligée ; j'espère que les effets répondront. Je me prête à ce qu'ils ont exigé ; journellement il y a de nouvelles incartades, et je crains effectivement pour lui Rohan, le peuple étant irrité à l'excès : ses pages en ont déjà ressenti les effets. Il ne convenait nullement que vous entriez en détail, car il nie dans une heure ce qu'il a avoué dans une autre; cela ne ferait que des tracasseries et explications, qui ne conviennent pas à nous.

L'abbé, indépendamment de vous être si attaché et utile, est si honorable qu'il mérite toutes mes attentions.

Vienne, 3 avril 1774.

Vous aurez actuellement [le maréchal de] Lacy, si sa santé le permet, pour vous faire sa cour; il ne vient à Paris que pour vous voir, n'aimant nullement d'être courtisan, encore moins les vivacités françaises. Il mérite que vous le traitiez bien; il m'est extrêmement attaché, et je ne me ressens que trop du vide que son absence me cause de toute façon. Je serais charmée qu'il fût mieux; je crains bien que sa santé est confisquée à force de blessures et de travailler.

M. de Esterhazy s'est bien mal comporté de toutes façons je ne veux pas dire pour s'être battu contre les ordres divins et de son souverain, mais la cause est encore plus horrible : lui marié, entretenir la femme d'un autre, dépenser à ce sujet cent mille florins, cela n'est pas excusable. Il y a déjà quinze jours que le chancelier son oncle lui a envoyé les ordres de revenir tout de suite ; aux Pays-Bas les mêmes occasions se trouveraient ; il est temps qu'il vienne se rendre à son devoir. Je sais les bontés que vous avez eues pour lui, cela caractérise votre bon cœur ; mais malheureusement, étant souveraine, on ne peut se laisser aller à son penchant ; il faut la plupart du temps agir contre. Voilà ma situation assez pénible et désagréable, qui, à la longue, rend notre métier insupportable et même dangereux.

J'ai appris par les gazettes votre visite à Mme Mailly. Cela fait une sensation bien différente ; mais tous les sensés doivent l'approuver, d'autant plus qu'on dit que cette dame mérite vos bontés et attention et vous fait honneur que vous l'estimez et distinguez. J'espère donc à la fin d'être quitte de notre Rohan, et bientôt après de Georgel. M. d'Aiguillon étant ministre de la guerre a commencé de vouloir gagner vos bonnes grâces ; c'est en règle, il faut que vous ayez de même de bons procédés tant qu'il les mérite. Je ne souhaite jamais de bassesse de vous, mais non plus aucun esprit de parti.

Pour ceux que le roi élève et estime, vous n'en devez pas aller chercher plus loin, et en faire de même. Sur ce point écoutez et suivez les conseils de Mercy ; il n'est occupé par son attachement que de votre bien et ne vous conseillera jamais rien dont vous aurez à rougir. Votre situation est trop brillante pour ne pas faire des envieux ; ceux-ci ne négligeront aucune occasion pour la troubler, il faut donc aller avec bien de la circonspection. N'étant occupée, ma chère fille, que de votre bonheur, je voudrais vous le procurer aux dépens de mes jours.

Saxenbourg, 18 mai 1774.

Hier à huit heures du soir il nous est arrivé le triste courrier que nous attendions du 10. Je regretterai toute ma vie ce prince et cet ami et votre bon et tendre beau-père [15]. J'admire en même temps la grâce de Dieu d'avoir donné le moment au roi de recourir à sa divine miséricorde, et les paroles du grand aumônier, prononcées de la part du roi, ne peuvent se lire sans fondre en larmes et espérer son salut. Nous avons d'abord interdit tout spectacle ici, et que nous ne verrons personne avant le 24, où on mettra le grand deuil, et je le porterai tout le reste de mes jours. Je ne vous fais point de compliments sur votre dignité, qui est achetée bien chèrement, mais qui le deviendra encore plus si vous ne pouvez mener la même vie tranquille et innocente que vous avez menée pendant ces trois années par les bontés et complaisances de ce bon père, et qui vous a attiré l'approbation et l'amour de vos peuples : grand avantage pour votre situation présente, mais il faut la savoir conserver et l'employer au bien du roi et de l'État. Vous êtes tous deux bien jeunes, le fardeau est grand ; j'en suis en peine et vraiment en peine. Sans que votre adorable père, dans le cas pareil, m'aurait soutenue, jamais je n'aurais pu en sortir, et j'étais plus âgée que vous deux. Tout ce que je puis vous dire et souhaiter, c'est que vous tous deux ne précipitiez rien : voyez par vos propres yeux, ne changez rien, laissez tout continuer de même ; le chaos et les intrigues deviendraient insurmontables, et vous seriez, mes chers enfants, si troublés que vous ne pourriez vous en tirer. Je puis vous en parler d'expérience ; quel autre intérêt pourrais-je avoir de vous conseiller d'écouter surtout les conseils de Mercy ? Il connaît la cour et la ville, il est prudent et vous est entièrement attaché. Dans ce moment-ci, regardez-le autant comme un ministre de vous que le mien, quoique cela combine très bien. L'intérêt de nos deux États exige que nous nous tenions aussi étroitement liés d'intérêt comme de famille. Votre gloire, votre bien-être m'est autant à cœur que le nôtre. Ces malheureux temps de jalousie n'existent plus entre nos États et intérêts ; mais notre sainte religion, le bien de nos États, exigent que nous restions intimement liés de cœur et d'intérêt, et que le monde soit convaincu de la solidité de ce lien. Je ne négligerai rien de ma part, et mes vieux jours ne peuvent couler tranquillement que vous voir tous deux, mes chers enfants, heureux. J'en prie et ferai prier instamment à ce sujet.

P. S. – J'espère qu'il n'y aura plus question de la malheureuse Barry, pour laquelle je n'ai jamais été portée qu'autant que votre respect pour votre père et son souverain l'exigeait. J'espère de n'entendre plus son nom qu'en apprenant que le roi l'ait traitée avec générosité, en la confinant avec son mari loin de la cour, lui adoucissant, autant que cela convient et l'humanité l'exige, son sort.

Schönbrunn, 16 juin 1774.

Je ne saurais vous exprimer ma consolation et joie particulière sur tout ce qu'on entend de chez vous ; tout l'univers est en extase. Il y a de quoi : un roi de vingt et une reine de dix-neuf, toutes leurs actions sont comblées d'humanité, générosité, prudence et grand jugement. La religion, les mœurs, si nécessaires pour attirer la bénédiction de Dieu et pour contenir les peuples, ne sont pas oubliées, enfin je suis dans la joie de mon cœur et prie Dieu qu'il vous conserve ainsi pour le bien de vos peuples, pour l'univers, pour votre famille et pour votre vieille maman, que vous faites revivre. Je ne vous dis rien sur le choix des ministres que tout le monde trouve convenable. Je suis bien aise de la retraite d'Aiguillon et de la Vrillière sans lettres de cachet, méthode dure et plus usitée qu'en France jusqu'à cette heure, et j'aime, mes chers enfants, vous voir toujours aimés et estimés et pleins de bonté. Qu'il est doux de rendre les peuples heureux, fût-ce même seulement en passant ! Que j'aime dans cet instant les Français ! Que de ressources dans une nation qui sent si vivement ! Il n'y a qu'à leur souhaiter la constance et moins de légèreté ; en rectifiant leurs mœurs cela se changera aussi. La générosité du roi pour Trianon, qu'on dit la plus agréable des maisons, me fait grand plaisir, et ce que vous me marquez du testament du roi me paraît très bien. On compte beaucoup sur des millions qu'on aura trouvés dans la chatouille du roi, tout cela facilite les généreuses intentions du roi. Le refus du don gratuit et de la ceinture de la reine sont dignes de leurs princes, et le bon mot de la reine, qu'on ne porte plus de ceinture, m'a fait plaisir. Le rétablissement de vos trois tantes intéresse tout l'univers après la belle action de ne pas avoir quitté leur père et s'être exposées, comme effectivement elles ont été infectées ; mais dont je ne puis me taire et vous conjure, c'est de ne les laisser pas approcher du roi avant dix semaines. Vous savez les précautions que le grand van Swieten, qui n'était rien moins que trop minutieux, a prises vis-à-vis de vos frères et sœurs pour m'approcher. Il n'y a point de comparaison avec le cas présent : le roi est un objet trop intéressant, trop cher, pour ne pas prendre même des précautions superflues. L'espèce de petite vérole paraît même plus mauvaise en France que chez nous, et la maison de Bourbon n'a que trop de malheurs à compter; ainsi aucune précaution de trop. Joignez mes prières aux vôtres pour me rassurer sur ce point, qui gâte tout le bonheur dont je jouis à cette heure par toutes les belles actions, qui sont innombrables, qu'on mande de tous côtés, et je me les laisse toutes conter; je lis même dans toutes les gazettes l'article de Paris. Employez même votre autorité qu'on ne laisse approcher le roi de qui que ce soit qui ait eu la petite vérole, avant dix semaines.

C'est le premier courrier que je vous envoie; pour moi l'incommodité ne sera pas. J'ai trop de consolation de recevoir de vos nouvelles, mais si cela vous fatiguait, vous n'avez qu'à me marquer un mot, et je le remettrai au mois. Agissez avec moi non seulement comme votre tendre mère, mais votre intime amie. J'ai manqué par le dernier courrier de vous faire mon compliment pour votre fête ; c'est tous les jours, presque toutes les heures que je fais des vœux pour vous, et ce jour particulièrement j'ai fait mes dévotions pour vous. Je ne réponds pas au roi pour ne pas l'incommoder, étant une réponse à la mienne. S'il veut m'écrire plus souvent, sans que cela l'incommode, tâchez qu'il le fasse comme vous sans le moindre cérémonial. J'en ferai autant. Souvenez-vous de ce que je vous ai recommandé par le dernier courrier, de tâcher d'être l'amie et la confidente du roi : tout en dépend, son bonheur et le vôtre. Vous avez su si bien lui concilier l'amour du public et le rendre si affable, il faut continuer de même. Si j'ai tant recommandé de ne vous mêler des recommandations, c'était le danger où je vous voyais par la bonté de votre cœur, et comme vous dites vous-même, que par nonchalance ou paresse vous ne vous laissiez pas surprendre par d'autres : cette heure que le choix est fait, que le roi a un conseil, je n'en suis plus inquiète et vous feriez très mal et contre nos intentions si vous vouliez vous en passer entièrement. Vous avez fait un si bon choix, avec la permission du roi, de votre maison, que vous ferez très bien de continuer de même. En France c'est tout différent d'ici, et vous manqueriez autant en vous abstenant qu'ici en vous mêlant ; c'est un point qui me tient extrêmement à cœur, puisqu'il s'agit du bonheur de vos jours, que je voudrais vous procurer par tout ce qui est possible, même aux dépens des miens.

Schönbrunn, 1er juillet 1774.

Madame ma chère fille,

Vous pouvez vous imaginer mes inquiétudes sur la situation du roi. Autant que je suis pour l'inoculation, qui m'a conservé trois fils et six petits enfants, autant je suis en peine que dans le plus fort des chaleurs et sur les trois frères en même temps on l'entreprend. Dieu en soit loué que vous n'ayez rien contribué à la décision, quoique la plupart des lettres vous l'attribuent; que vous en étiez enchantée, c'est à sa place; mais je crains bien que vos inquiétudes auront été des plus grandes. Autant que cette résolution fait honneur au caractère personnel du roi, autant elle fait trembler pour des jours si précieux, qui promettent à la France, à l'Europe un prince dont on attend le bonheur universel. Vous voilà actuellement dans les jours les plus critiques, je compte tous les moments; ils finissent, s'il n'y a pas d'accident particulier, à la quinzaine; mais je commence presque à douter si elle a été entreprise le 18, puisque nous n'avons aucune nouvelle, même par la poste, elle devait nous venir aujourd'hui. L'attente et l'éloignement sont cruels dans des instants pareils. J'ai reconnu votre bon cœur en me priant de ne pas croire à d'autres nouvelles que celles que vous m'enverrez; mais est-on le maître de son sentiment, quand on aime bien et qu'on a eu tant de revers? La grâce de Choiseul m'a fait un plaisir sensible par rapport au roi, à vous et même pour l'alliance. Je suis flattée que même ceux qui ne pensent pas de même comme vous ont trouvé très convenable et à sa place ce retour. J'attends à cette heure quelques grâces pour Durfort, quoique je convienne avec ceux qui disent qu'il n'a eu que la représentation ; mais celle-ci seule exige quelques bontés. Vous recevrez par Rohan, qui a pris congé hier, une lettre. Je lui dois cette justice que, depuis quelques mois, il s'est beaucoup changé en bien, mais j'avoue que je ne suis pas fâchée de ce changement, espérant que le roi ne laissera plus longtemps Georgel chargé d'affaires.

Je ne vous dis rien d'ici ; ma tête n'est remplie, autant que mon cœur, que d'inoculation. J'ai recours aux pauvres qui prient Dieu bien instamment chez les bons Capucins, et au couvent de la reine, où je compte bien tenir un *Te Deum* si le bon Dieu nous accorde le rétablissement *unseres werthen Königs* [16] : quelque peu d'allemand pour que vous ne l'oubliiez. Je vous embrasse.

Schönbrunn, 16 juillet 1774.

Je vous ai promis de vous communiquer ou avertir de ce qui me revient d'autre part du règne heureux qu'on se promet de Louis XVI et de sa petite reine. Le voilà, reste à évaluer si tout est vrai ; il servira toujours de vous en prévaloir ou non ; cela vient de ma tendresse pour vous, que rien ne me paraît de trop, quand il s'agit de vous. Tout est en extase, tout est fou de vous autres ; on se promet le plus grand bonheur, et vous faites revivre une nation qui était aux abois, et que son attachement seul pour ses princes soutenait. Il faut dire cela à sa louange, mais elle est vive, et plus qu'elle n'en a besoin et espère tout du roi, et plus grande sera la difficulté à la contenter ; à cela il n'y a qu'un seul moyen, de fixer des principes et ne plus s'en départir. Il vaut mieux passer pour exact et économe, pour juste et religieux, comme on a cru que Louis XVI sera, que de croire qu'il sera capable de se laisser entraîner d'être bon ou faible, encore pis, et de ne pas soutenir la première idée que le public en a tirée, et dont vous avez vu les effets merveilleux, même en dehors. La gratification d'Aiguillon de 500 000 livres, la pension de Monteynard et d'autres ont fait une grande sensation dans le public, non en admirant la générosité du roi, mais on cherchait les sujets qui ont pu entraîner le roi, et on a conclu tout de suite : il ne sera pas ferme, et aura des favoris qui pourront le mener.

On parle aussi de millions destinés à des bâtiments ; dans ce moment-ci, où des chevaux ont été réformés, on ne pouvait s'attendre à des dépenses pareilles, dix fois plus fortes. On dit qu'on ne connaissait pas la reine des autres princes, que la familiarité est extrême. Dieu me garde que je voudrais vous inspirer de leur faire sentir votre supériorité, où Dieu vous a mise, mais vous vous êtes déjà trouvée souvent attrapée, tant par les tantes que par le comte ou la comtesse de Provence. Le comte d'Artois, on le dit hardi à l'excès ; cela ne convient pas que vous le tolériez, et vous pourriez à la longue vous en trouver le plus mal ; il faut rester à sa place, savoir jouer son rôle ; par là on se met et tout le monde à son aise. Toutes les complaisances et attentions pour tous, mais point de familiarité, ni jouer la commère ; vous éviterez par là les tracasseries et recommandations. À cette heure, c'est le grand point : jusqu'à ce moment la dissipation était grande et même une suite nécessaire du changement. Je crains ce point pour vous plus que tout autre ; il faut absolument vous occuper de choses sérieuses, qui peuvent être utiles, si le roi vous demande votre avis ou vous parle en amie. Ne le menez pas dans des dépenses extraordinaires ; que ce charmant premier don du roi (Trianon) ne serve pas à faire de trop grandes dépenses, et encore moins de dissipations ; tout dépend que cet heureux début, qui passe toute croyance, soit conservé et vous rende tous deux heureux, en rendant vos peuples de même, qui n'attendent leur salut que de vous. Un caractère soutenu de justice, mêlé de bonté et d'une économie convenable, fera respecter ce monarque par les amis et ennemis. Moi-même j'ai rougi en mon particulier qu'après trente-trois ans de règne je n'aie pas fait ce que ce cher prince a fait en trente-trois jours; mais il faut soutenir ce beau et merveilleux commencement, dont je suis très occupée. Il faut que le roi, en approchant les honnêtes gens, en éloignant les intrigants, ait des amis qui puissent lui dire la vérité pure sans fard. Je ne sais si la réponse du roi est vraie qu'on lit dans la *Gazette de Cologne*, mais elle est admirable et m'a tiré les larmes : « *qu'il souhaitait d'être informé du mal qu'on dirait de lui pour s'en corriger* ». Avec l'aide de Dieu et cette admirable volonté tout est à espérer, tout ira bien; je crains seulement votre paresse et dissipation : le seul ennemi que vous avez à craindre. Il faut vous rendre capable de servir de conseil au roi, et pour cela il faut orner son esprit de choses analogues à la tâche que vous avez à remplir. Je touche cette matière à Mercy, en l'animant d'y appuyer et de vous en faire souvenir en temps et lieu. Pourquoi serais-je si affectée de ce point, si je ne savais y être attaché tout votre bonheur, qui fait toute mon occupation ? Je vous embrasse tendrement.

Vienne, 5 mars 1775.

Madame ma chère fille,

Votre lettre du 18, au milieu de vos continuels amusements du carnaval et de la joie que vous a causée l'arrivée de votre frère, m'a été bien consolante. Tout ce que vous me dites de touchant pour votre famille et pour moi m'a attendrie, aussi comme vous l'étiez à l'entrevue de votre frère. Vous soutenez si bien ce sentiment en toute occasion que je ne saurais qu'en être touchée et glorieuse et souhaiter que rien ne puisse jamais y porter atteinte. Votre frère et Rosenberg ne peuvent assez marquer leur satisfaction et étonnement de votre situation et conduite, et je m'attends en trois semaines de m'en occuper encore plus. Que d'heureux moments n'en aurai-je pas ? Je vous remercie de tout ce que vous avez bien voulu faire pour votre enfant[17], et vous vous acquitterez de même de ma part auprès du roi, étant très sensible à toute l'amitié qu'il a voulu avoir pour votre frère et à toutes les marques de bonté pour le comte de Burgau. Actuellement le voilà déjà parti; cela lui paraîtra un songe. Je vous sais bon gré du projet du sacre du roi, mais je ne le trouve pas combinable; mais il aura une autre fois, si vous le souhaitez, le bonheur de vous revoir. Grâce à Dieu voilà cet éternel carnaval fini! Vous me trouverez bien vieille par cette exclamation, mais j'avoue, les fatigues étaient de trop dans ces veilles; je tremblais pour la santé et pour l'ordre de la vie ordinaire de la cour, point essentiel à conserver. Toute lecture, toute autre occupation auront été interrompues pendant deux mois; le temps est précieux et il n'y a de perte réelle et irréparable que celle-ci. Quand on est jeune, on n'y pense pas; quand on vieillit, on le reconnaît, mais alors d'autres faiblesses nous rendent fautives. De même je ne peux m'empêcher de vous toucher un point que bien des gazettes me répètent trop souvent : c'est la parure dont vous vous servez ; on la dit depuis de la racine des cheveux 36 pouces de haut, et avec tant de plumes et rubans qui relèvent tout cela ! Vous savez que j'étais toujours d'opinion de suivre les modes modérément, mais de ne jamais les outrer. Une jeune jolie reine, pleine d'agréments, n'a pas besoin de toutes ces folies ; au contraire la simplicité de la parure fait mieux paraître, et est plus adaptable au rang de reine. Celle-ci doit donner le ton, et tout le monde s'empressera de cœur à suivre même vos petits travers ; mais moi, qui aime et suis ma petite reine chaque pas, je ne puis m'empêcher de l'avertir sur cette petite frivolité, ayant au reste tant de raisons d'être satisfaite et même glorieuse sur tout ce que vous faites.

Vous recevrez une lettre de l'empereur qui m'a fait grand plaisir ; je vois qu'il pense sérieusement à vous venir voir, et il vous marque ses conditions. Pour Breteuil, je le trouve bien vieilli ; mais il me rendra la pareille ; il m'a remis la plus belle chose et la plus chère à mon cœur : votre buste très bien travaillé, et deux cadres charmants ; mais mes bagues, surtout celle de vos cheveux, ne me quittent pas et ont toujours la préférence. Je vous remercie de tous ces chers et beaux présents, et vous prie de me croire toujours votre bien fidèle mère et amie.

Schönbrunn, 2 juin 1775.

J'étais enchantée de tout ce que vous me dites du maintien du roi et des ordres vis-à-vis du parlement dans cette malheureuse émeute. Je crois comme vous qu'il y a quelque chose dessous. Le même langage que vous me marquez a porté aussi nos gens en Bohême, hors que les vôtres étaient pour la cherté du pain, et les nôtres pour les corvées. Ils ont prétendu aussi qu'il y avait une ordonnance qui les abolissait. En général cet esprit de mutinerie commence à devenir familier partout : c'est donc la suite de notre siècle éclairé. J'en gémis souvent, mais la dépravation des mœurs, cette indifférence sur tout ce qui a rapport à notre sainte religion, cette dissipation continuelle sont cause de tous ces maux. Je vous avoue que j'ai vu avec grande peine dans des feuilles imprimées que vous vous abandonnez plus que jamais à toutes sortes de courses au bois de Boulogne aux portes de Paris avec le comte d'Artois, sans que le roi y soit. Vous devez savoir mieux que moi que ce prince n'est nullement estimé, et que vous partagez ainsi ses torts. Il est si jeune, si étourdi : passe encore pour un prince ; mais ces torts sont bien grands dans une reine plus âgée et dont on avait tout autre opinion. Ne perdez pas ce bien inestimable que vous aviez si parfaitement. Une princesse doit se faire estimer dans ses moindres actions, et point faire la petite maîtresse, ni en parure, ni dans ses amusements. On nous épluche trop pour ne pas être toujours sur ses gardes.

Il y a encore un point plus triste pour moi : toutes les lettres de Paris disent que vous êtes séparée de lit avec le roi, et que vous avez peu de part à sa confiance. J'avoue que cela me frappe d'autant plus que de jour étant toujours dissipée et sans le roi, s'il ne vient plus coucher chez vous pour de la succession, il faudra donc y renoncer ; cette amitié, cette coutume d'être ensemble finira bientôt de même, et je ne prévois que des malheurs et chagrins pour vous dans la plus brillante position que Rosenberg m'a assuré de ne dépendre que de vous de la conserver, le roi vous aimant et estimant. Votre seule tâche doit être de vous trouver le plus souvent toute la journée chez lui, de lui tenir compagnie, d'être sa meilleure amie et confidente, et tâcher de vous mettre au fait des choses pour pouvoir raisonner avec lui et le soulager ; qu'il ne trouve jamais ailleurs plus d'agréments et de sûreté que dans votre compagnie. Nous sommes dans ce monde pour faire du bien aux autres ; votre tâche est une des plus essentielles ; nous ne sommes pas pour nous-mêmes et pour nous amuser, mais pour acquérir le ciel, où tout tend, et qui ne se donne pas gratis : il faut le mériter. Pardonnez ce sermon, mais je vous avoue, ce lit à part, ces courses avec le comte d'Artois ont mis d'autant plus de chagrin dans mon âme que j'en connais les conséquences et ne saurais vous les présenter trop vivement pour vous sauver de l'abîme où vous vous précipitez. Attribuez à ma tendresse ces alarmes, mais ne les croyez pas superflues.

Laxenbourg, 30 mai 1776.

Madame ma chère fille,

Le remède pour le spleen que vous me proposez si joliment pourrait bien m'entraîner à me laisser aller à cette vilaine incommodité et ne pas lutter contre, et le mot allemand que vous avez si bien tracé que j'ai encore reconnu la main de Mesmer[18], ne m'a pas fait moins de plaisir; mais vous avez oublié les dessins de votre façon de vous mettre : on nous porte des extravagances trop fortes pour pouvoir croire que la reine, ma fille, en fasse de même. Je vous prie d'y ajouter encore comme les femmes d'un certain âge se portent; ce n'est pas pour critiquer, mais je ne saurais croire que les gens raisonnables se portent comme on veut nous le persuader ici, et je veux défendre la nation française, et ne passer ces enfantillages qu'à la jeunesse, à laquelle il faut passer quelque chose. Ce que vous me dites sur l'affaire de Messines me marque l'empressement que vous avez à me complaire ; j'en sens tout le prix, mais les deux ministres font leur devoir de ne rien faire à la légère dans ce qui peut être du service du roi.

Je suis bien contente que vous n'avez point de part au changement des deux ministres [19], qui ont pourtant bien de la réputation dans le public et qui n'ont manqué, à mon avis, que d'avoir trop entrepris à la fois. Vous dites que vous n'en êtes pas fâchée : vous devez avoir vos bonnes raisons ; mais le public depuis un temps ne parle plus avec tant d'éloges de vous, et vous attribue tout plein de petites menées qui ne seraient convenables à votre place. Le roi vous aimant, ses ministres doivent vous respecter ; en ne demandant rien contre l'ordre et le bien, vous vous faites respecter et aimer en même temps. Je ne crains pour vous (étant si jeune) que le trop de dissipation. Jamais vous n'avez aimé la lecture ni aucune application; cela m'a donné souvent des inquiétudes. J'étais si aise vous voyant adonnée à la musique; je vous ai si souvent tourmentée pour savoir vos lectures, pour cette raison. Depuis plus d'un an, il n'y a plus de question ni de lecture ni de musique, et je n'entends que des courses de chevaux, des chasses de même et toujours sans le roi, et avec bien de la jeunesse non choisie, ce qui m'inquiète beaucoup, vous aimant si tendrement. Vos belles-sœurs font tout autrement, et j'avoue, tous ces plaisirs bruyants où le roi ne se trouve pas ne sont pas convenables. Vous me direz : « Il les sait, il les approuve. » Je vous dirai qu'il est bon, et pour cela vous devez de vous-même être plus circonspecte, et lier vos amusements ensemble. À la longue vous ne pouvez être heureuse que par cette tendre et sincère union et amitié.

Le grand-duc et elle viendront le juillet ici, et la Marie et son mari aussi[20], je m'en fais une grande consolation. L'archiduchesse de Milan est enceinte ; on dit la comtesse d'Artois de même. Nous sommes depuis près de trois semaines à Laxenbourg, et j'avoue que je serai bien aise de retourner à Schönbrunn reprendre mon train ordinaire.

Schönbrunn, 30 août 1777.

Madame ma chère fille,

Grâce à Dieu que cette vilaine fièvre est finie ! Tout ce que vous me dites sur le Carlsbad est charmant, je vous en embrasse. Notre chère reine s'est bien conduite ; voilà un second gros garçon qui porte le nom de François : attention charmante pour moi. J'attends à cette heure avec empressement les estafettes qui me porteront journellement ces neuf premiers jours de ses nouvelles : pourvu qu'elle se ménage ! ses nerfs en ont besoin.

Ce que vous me dites de plus d'empressement de la part de votre cher roi me fait grand plaisir. Le bon Stœrck qui vous est si attaché, après avoir parlé à l'empereur, a assuré qu'à trente ans seulement il y a des exemples que les hommes changent ; mais qu'il faut toujours tenter de ne pas se lasser, et pour cette raison une épouse ne doit pas perdre les occasions et les chercher même avec toutes sortes de prévenances. Ainsi, point de lit à part, ni de parties nocturnes, surtout de jeu. Ma chère fille, je vous en conjure, finissez-les, cela attire la plus mauvaise compagnie et propos. Le roi ne les aimant pas, rien de si juste que vous les quittiez, mais entièrement.

J'étais si aise de vous voir jouer le billard ou des jeux de commerce. L'empereur vous dit là-dessus tout ce qu'on pouvait dire. Il ne me reste qu'à vous assurer que vous aurez bientôt des regrets. Vous perdez des sommes que le roi et vous sauriez mieux employer, et en les gagnant vous devriez en être encore plus fâchée : nous sommes donc toujours la dupe. Un effort généreux de vous-même, en les bannissant de la cour, vous ferait grand honneur et me comblerait de consolation. Je sais par expérience quel danger et désagréments on court dans ces occasions, et les petits efforts que cela vous coûtera seront bien récompensés par la suite. À cette heure, personne ne s'y attend, on verrait que cela vient de vous seule. Quel triomphe ! Votre exemple attire vos beaux-frères et sœurs. Tout cela, le roi, l'État devront le supporter et payer ; et vous en êtes la cause. Je n'ai pu me taire sur ce point important dont votre bonheur et encore plus votre gloire dépend. Croyez à une mère, à une amie, qui a bien expérimenté le monde et les hommes et qui n'est occupée que du bonheur et bien-être de ses enfants.

J'ai trouvé l'empereur un peu maigri ; il est parti après deux jours pour les camps. Il est revenu de Styrie et de Hongrie assez content des troupes. Il est actuellement à Laxenbourg pour le camp de Minkendorf. Je le trouve bien ; il est assez content du roi, surtout de sa chère et belle reine : s'il trouvait une femme pareille, il passerait d'abord aux troisièmes noces. Juge combien je suis occupée de tout ceci, combien je dois être contente de tout ce qu'il me dit de vous. Il est enchanté des provinces et de la marine et des troupes ; il n'a pas renoncé à revenir vous voir, et vous jugerez bien que je n'y mets point d'empêchement, et que j'en suis flattée. D'abord qu'il ne veut rester avec moi, je le souhaite auprès de la famille, en France, Naples ou Toscane. Je vous embrasse tendrement.

P. S. – Les nouvelles de votre frère ne sont pas encore meilleures ; j'y ai envoyé un médecin pour savoir les choses au juste. Vous direz à Vermond que l'empereur m'a confirmé toute son assiduité et zèle pour vous servir, que je connais depuis tout le temps que je le connais.

Vienne, 19 février 1778.

Madame ma chère fille,

C'est à cinq heures du matin et bien à la hâte, le courrier étant à ma porte, que je vous écris. Je n'étais pas prévenue de son départ, et on presse son départ pour obvier aux plus noires et malicieuses insinuations du roi de

Prusse, espérant, si le roi est au fait, qu'il ne se laissera pas entraîner par des méchants, comptant sur sa justice et sa tendresse pour sa chère petite femme. Je n'entre dans aucun détail, l'empereur et Mercy s'en sont chargés; mais je n'ai qu'à ajouter que peut-être jamais il n'y avait une occasion plus importante à tenir fermement ensemble, et que le système en dépend. Jugez combien j'en suis affectée! L'intérêt de nos deux maisons, mais surtout celui de nos États et de l'Europe même, en dépend. Qu'on ne se précipite en rien et qu'on tâche de gagner du temps pour éviter l'éclat d'une guerre qui, une fois commencée, pourra durer et avoir des suites malheureuses pour nous tous. Jugez de ma peine en particulier : l'empereur et votre frère[21] et le prince Albert y seraient les premiers acteurs : l'idée seule me fait presque succomber; mais je ne saurais l'empêcher, et si je n'y succombe, mes jours seraient pires que la mort. Je vous embrasse.

Vienne, 6 mars 1778.

Madame ma chère fille,

La vôtre du 13 m'a consolée sur ce que vous me dites d'obligeant et tendre sur nos affaires en Bavière[22], qui me tiennent bien à cœur et dont je ne saurais encore rien vous dire, me remettant entièrement à ce que Mercy vous en dira; de même sur ce que les ministres du roi ont dû dire dans les cours sur ce sujet. Ce n'est pas comme une plainte ou reproche; malheureusement toute cette affaire n'a pas été préparée ni prévue assez : mais il nous importe à tous deux qu'on nous croie liés de façon que rien de louche ne paraisse. Il n'y a sans cela que trop de surveillants qui, ne trouvant pas leur intérêt dans nos liaisons, profitent de chaque petite circonstance pour animer et confondre. Rien n'est donc de trop pour écarter soigneusement toute ombre de différence ou refroidissement. J'aime trop le roi pour le vouloir entraîner dans quelque chose contraire à ses intérêts ou à sa gloire; je sacrifierais plutôt la mienne; mais si nous voulons faire le bien, il le faut faire conjointement : sans cela rien ne se fera de solide.

J'ai une bonne fluxion aux dents et à la tête, même aux yeux, mais pas la moindre fièvre; cela incommode surtout pour écrire. (...) Voilà l'explication pour les deux tableaux que vous souhaitez, auxquels on travaille déjà, mais ils ne pourront se finir que dans un an : si vous en êtes contente, vous me le marquerez, qu'on puisse continuer. Pour Rosseline[23], il n'y a pas moyen de se faire peindre. La Marie a eu la complaisance de se faire peindre pour son mari; elle a eu quatre sessions, chacune de trois heures, et cela n'est pas encore fini; on n'ose se remuer ni faire la moindre chose pendant ce temps. Je ne trouverais guère douze heures à perdre dans une semaine, car les trois dernières sessions se doivent faire de suite, et je plaindrais cet habile homme de s'appliquer à faire quelque chose de si vilain qu'une femme de soixante ans : surtout moi qui suis extrêmement tombée de figure et de visage; mais mon cœur, ma tendresse sont toujours les mêmes et ne changeront qu'avec ma fin. En vous embrassant tendrement.

Schönbrunn, 17 mai 1778.

Madame ma chère fille,

La consolation que me procure votre grossesse, annoncée même par le roi et par vos deux lettres du 4 et du 5, me comble de consolation. Je ne peux assez remercier Dieu de m'avoir accordé encore cette grâce de vous voir, ma chère fille, plus solidement établie pour l'avenir[24]. Tous mes vœux dans ma famille sont donc accomplis, je puis fermer mes yeux tranquillement. J'avoue, votre situation me tenait plus à cœur que je n'ai fait semblant, vous aimant si tendrement, et cette satisfaction vient bien à temps pour me soutenir dans ma cruelle situation. Mercy nous mande de quelle façon obligeante et tendre vous vous êtes employée pour votre famille et patrie. Les suites feront voir que l'intérêt et la considération même de la France l'exigeaient, et si on avait tenu au commencement le même langage, dont nous ressentons déjà les meilleurs effets, je suis bien sûre que tout se serait calmé sans ces terribles aspects qui nous menacent, et une fois commencés ne finiront si aisément, et je souhaite pour l'humanité qu'on puisse encore s'arranger. La France n'a jamais à craindre que nous la voulons commettre, entraîner ou diminuer son influence. Nos intérêts sont trop intimement liés de cœur et de famille pour n'entrer sincèrement dans ses vues quelconques, hors une liaison avec le roi de Prusse. Je vous avoue, cela nous a séparés de l'alliance avec l'Angleterre, et je serais bien fâchée si cela devait en être un jour de même. Il y a longtemps que nous voyons un patelinage politique, beaucoup de secret, des complaisances réciproques ; la conduite dans cette occasion a malheureusement dû augmenter ces doutes. Le roi[25] se vante de temps en temps d'être très bien avec vos ministres ; il prétend même de leur avoir communiqué la correspondance secrète entre l'empereur et lui. C'est encore un trait de sa façon ; les deux princes sont convenus à leur entrevue à Neustadt de s'écrire quand il s'agira des occasions importantes ; l'empereur s'est prêté à mes instances de tenter cette voie pour conjurer l'orage qui était prêt à éclater. Vous pouvez bien croire qu'il a coûté à votre frère de s'y prêter ; il l'a fait de bonne grâce, et en a reçu la réponse la plus impertinente qu'on puisse voir et qui était nullement conséquente au cas présent, mais qui lui convenait pour dire toutes ces sottises à l'empereur. Vous serez enchantée de la réponse de votre frère. Le courrier lui porta en chemin cette belle érudition : sur-le-champ il a fait la réponse et renvoyé dans une heure de temps le même courrier. La promptitude de cette réponse et le peu d'embarras qui s'y trouvait, la leçon qu'il lui faisait en lui démontrant qu'il était nullement au fait de la question, même la fin de la lettre ont fait changer le ton et ont arrêté jusqu'à cette heure heureusement le commencement de la guerre. Mercy aura le bonheur de vous communiquer les lettres et notre situation présente. Depuis que vous voulez entrer avec tant de tendresse que de zèle dans nos intérêts et situation, je trouve nécessaire de vous mettre au fait de plus en plus. Nous n'aurions jamais été les premiers à faire usage d'un secret convenu entre deux princes ; mais en ayant fait usage, à ce qu'il se vante, vis-à-vis de vous, de la Russie, Saxe, etc., nous ne sommes plus tenus non plus, et ne croyons pas d'être honteux des avances que nous avons faites pour changer la situation présente ou faire traîner au moins la chose.

Vous voyez par ce trait quel compte on peut faire sur lui et sa parole. La France l'a éprouvé en bien des occasions, et aucun prince en Europe n'est échappé à ses perfidies ; et c'est celui qui veut s'ériger en dictateur et protecteur de toute l'Allemagne ! et tous les grands princes ne tiennent pas ensemble pour empêcher un malheur pareil, qui tombera un peu plus tôt ou plus tard sur tous ! Depuis trente-sept ans il fait le malheur de l'Europe par son despotisme, violences, etc. En bannissant tous les principes de droiture et vérité reconnus, il se joue de tout traité et alliance. Nous qui sommes les plus exposés, on nous laisse. Nous nous tirerons peut-être encore cette fois-ci, tant bien que mal ; mais je ne parle pas pour l'Autriche, c'est la cause de tous les princes. L'avenir n'est pas riant. Je ne vivrai plus ; mais mes chers enfants et petits-enfants, notre sainte religion, nos bons peuples ne s'en ressentiront que trop. Nous nous ressentons déjà d'un despotisme qui n'agit que selon ses convenances, sans principes et avec force. Si on lui laisse gagner du terrain, quelle perspective pour ceux qui nous remplaceront ! Cela ira toujours en augmentant. Je voudrais au prix de mes jours rendre nos enfants plus heureux, plus tranquilles que nous, surtout depuis que j'ai l'espérance de voir un dauphin, mon petit-fils.

Pardonnez cette longue tirade : c'est une mère tendre qui s'épanche avec sa chère fille, non de souveraine à souveraine. J'ai laissé aller mon cœur sans trop réfléchir, et ces moments m'ont été bien doux, ayant le cœur très serré ; en vous embrassant tendrement, ma chère petite maman et votre enfant. Adieu.

Schönbrunn, 6 août 1778.

Madame ma chère fille,

Mercy est chargé de vous informer de ma cruelle situation, comme souveraine et comme mère. Voulant sauver mes États de la plus cruelle dévastation, je dois, coûte qu'il coûte, chercher à me tirer de cette guerre ; et comme mère, j'ai trois fils qui ne courent pas seulement les plus grands dangers, mais doivent succomber par les terribles fatigues, n'étant accoutumés à ce genre de vie. En faisant à cette heure la paix, je m'attire non seulement le blâme d'une grande pusillanimité, mais je rends le roi toujours plus grand, et le remède devrait être prompt. J'avoue, la tête me tourne, et mon cœur est depuis longtemps déjà entièrement anéanti. Mais ne craignez pas pour ma santé, elle est bonne et je la conserve pour l'amour de vous, mais je suis affligée. Le commencement de la campagne n'est pas heureux. Le prince Henri étant entré de tous côtés de la Saxe avec force, Laudon n'a pas cru pouvoir lui tenir tête, s'est replié jusqu'à Kosmanos derrière l'Iser, et par là donne cinq cercles les plus beaux à l'ennemi, qui ne fait que piller. Nous avons fait même dans cette retraite de petites pertes par-ci par-là, mais il a voulu se mettre au niveau de la grande armée, pour se donner la main. Mais il y a à craindre que celle-ci même ne pourra guère plus se soutenir dans son poste avantageux, l'ennemi venant de deux côtés à ses flancs ; alors les choses prendront une tournure assez délicate et je vous recommande de soutenir Mercy pour sauver votre maison et vos frères. Je ne demanderai jamais rien au roi qui puisse l'attirer dans cette malheureuse guerre, mais des ostentations, de nommer ou rassembler des régiments et généraux pour venir nous secourir, en cas que les Hanovriens et autres se mettent avec nos ennemis. Il ne convient pas à la France que nous devenons subjugués à notre cruel ennemi. Elle ne trouvera jamais un ami et allié plus sincèrement attaché pour le fond que nous : pour les dehors, attentions et cajoleries, j'avoue, en cela nous sommes toujours en défaut. Je suis doublement agitée, craignant votre trop de sensibilité dans l'état présent. Je vous conjure de vous ménager, de vous ranimer et ne vous abandonner. Le bon Dieu aura pitié de nous, et nos alliés nous aideront à nous tirer d'affaire avec honneur. Je vous embrasse.

Schönbrunn, 9 septembre 1778.

Madame ma chère fille,

Je commence par ce qui vous est le plus à cœur, que nos armées sont toujours de même vis-à-vis l'une de l'autre, qu'elles souffrent beaucoup dans ces montagnes, où il y a déjà de la neige, de même que beaucoup d'incommodités et de maladies : mais que la nôtre est beaucoup mieux en tout que celle du roi. Mince consolation est le moindre mal; mais si nous pouvons soutenir encore ces deux mois, mais qu'il ne gagne plus de pays, on aura fait beaucoup en faisant perdre à cet ennemi son activité, qui était son grand art. L'empereur se porte, grâce à Dieu! encore bien, mais Maximilien a pris une fièvre tierce qui, j'espère, n'aura de suite; il a dû se retirer dans un château à quatre heures de l'armée. Avant-hier le grand-duc est arrivé ici, et elle suivra le 20[26]. Je le trouve, comme toujours, maigre mais robuste. Il me fallait un peu de secours dans ces circonstances; ils comptent rester ici l'hiver ou tant que ces malheureuses circonstances dureront. Tâchez, ma chère fille, de les faire finir au plus tôt; vous sauverez une mère qui n'en peut plus, et deux frères qui à la longue doivent succomber, votre patrie, toute une nation qui vous est si attachée. La gloire et l'intérêt même du roi et de l'alliance y est très intéressé. Après notre déclaration de tout rendre pour l'amour de la paix générale, et de réclamer la médiation du roi, comme notre ami, allié et garant de la paix de

Westphalie, il paraît que nous devons espérer le plus prompt effet et ne pas laisser aux intrigues et fourberies, trop employées à différer ces moyens si salutaires à l'humanité.

Nous n'exigeons que de parler un langage ferme partout, surtout par les ministres en empire, qui, je dois dire, ont toujours tenu, sinon un langage contraire à notre système, mais au moins très faible et de façon à confirmer nos adversaires que la France n'est nullement liée fermement avec nous. La pierre d'achoppement étant levée entièrement, je m'attends qu'on prendra tout un autre langage, si nécessaire pour effectuer le bien, de faire même des démonstrations, de ne pas laisser passer ce temps sans obtenir le but de la tranquillité, et même reconnaître le cas de nous assister selon nos traités. Si un langage ferme et égal est partout employé ainsi et qu'on voie que notre alliance est solide et indissoluble, tant par les liens du sang que par nos convenances et intérêts communs, nous aurons cette paix par la voie de la France, et elle la satisfaction d'avoir tiré son alliée et augmenté par là nos obligations. Mais je dois vous répéter que, quelque favorable que paraisse ce tableau, il faut beaucoup de fermeté et égalité de langage, et ne pas perdre un instant : si on traîne jusqu'à la nouvelle année, tout sera plus difficile et moins solide. Il faut profiter de cet instant où les incommodités et misères de cette campagne sont encore vivement imprimées. Quel bonheur si vous pouviez faire vos couches en paix, et de nous l'avoir procurée si glorieusement pour le roi, en serrant de plus en plus les nœuds de notre alliance, la seule nécessaire et convenable pour notre sainte religion, pour le bonheur de l'Europe et de nos maisons ! Je me sens revivre par l'idée seule ; Dieu veuille bénir nos intentions ! Je vous embrasse tendrement, et les larmes me tombent des yeux par l'espérance seule.

Vienne, 25 novembre 1778.

Madame ma chère fille,

Je serai fort courte ; celle-ci vous trouvera bien près de votre terme. Je compte toujours entre le 8 et le 15 que Dieu nous accorde la consolation de vous savoir délivrée. Tout le reste est indifférent ; les fils suivront les filles. On dit que vous comptez nourrir vous-même votre enfant ; cela dépend du roi et du médecin ; j'avoue à leur place que je ne vous l'accorderais pas, c'est très bien de vous offrir. Nous tenons notre neuvaine dans la chapelle de Saint-Xavier avec un concours de monde qui est touchant. Celle-ci finira le 28, recommencera à la Visitation ; celle-ci finie, Parhamer commence la sienne, et entre ce temps j'espère d'avoir la tant désirée nouvelle.

Ce courrier est expédié pour nos affaires de médiation ; par bonheur nous possédons l'empereur en parfaite santé, mais maigre. Je joins ici quelques lignes pour le roi, n'ayant pu me résoudre d'écrire de main propre tout ce fatras de phrases politiques. Il nous faut la paix, et la plus prompte sera la meilleure, sans congrès ; il y a trop d'intérêts à démêler. Les médiateurs devraient nous dicter de tout restituer, comme c'était l'année passée 1777 : ceux de la succession de Bavière avec la Saxe et les autres intéressés ne devraient être mêlés, mais remis à la décision de l'empire. Tout serait dit en peu de temps et nous y perdrions toujours le plus : les frais immenses et les dévastations de nos pauvres pays. Le roi de Prusse ne saurait rien demander, ayant été l'agresseur et ayant déclaré qu'il ne demanderait rien. L'éloignement de la Russie de la France me fait craindre pour les longueurs. Je finis par raison pour ne vous troubler ce dernier temps, vous embrassant.

Vienne, 1er avril 1779.

Madame ma chère fille,

J'avoue que la journée d'aujourd'hui m'a un peu abattue, et je n'ai pas voulu arrêter le courrier ; ces trois jours qui suivent sont aussi occupés que celui-ci. J'ai reçu la nouvelle du retour de votre frère et belle-sœur très heureusement ; ils ont trouvé leurs enfants très bien, mais votre frère Maximilien me cause bien des inquiétudes. Depuis sa grande maladie à l'armée il avait des enflures, des dépôts, surtout aux jambes. Il a négligé cela, a caché autant qu'il pouvait, ces incommodités pour s'amuser, danser, aller à cheval, jeu de paume, etc., ce qui est très à sa place à son âge ; mais ce dépôt a augmenté tout d'un coup, on lui a ordonné les eaux de Baden. Il les a prises et le mal a empiré, de façon qu'il est alité depuis trois semaines et qu'on a dû lui faire déjà trois incisions. Il ne s'en trouve pas mieux et essuiera encore quelques-unes, pourvu que l'os ne soit attaqué et qu'il ne reste estropié à vingt-deux ans. Il supporte sa situation avec une patience et fermeté mâle, que j'en suis doublement touchée.

De la paix, j'en suis on ne peut être plus inquiète. Il me semble, les belles espérances s'évanouissent ; ce n'est pas notre faute, mais on ne peut non plus exiger de nous que nous laissons écorcher seul notre électeur, et que nos adversaires, qui sont sous la protection du roi de Prusse et de la Russie, triomphent contre la France et nous ; il faut un peu d'équité et d'égalité.

Ce que vous me mandez de votre chère fille me fait grand plaisir, et surtout de la tendresse du roi. Mais j'avoue, je suis insatiable ; il lui faut un compagnon et il ne doit pas tarder trop longtemps. Ma chère fille, ne négligez rien de ce qui dépend de vous, et surtout à cette heure à la belle saison ne courez pas trop à cheval, ce qui est absolument contraire à nos souhaits, et à tout bon Français et Autrichien, et croyez-moi toujours votre bonne maman et amie.

P. S. – Votre grand portrait fait mes délices ! [Le prince de] Ligne a trouvé de la ressemblance ; mais il me suffit qu'il représente votre figure, de laquelle je suis bien contente.

Vienne, 1er décembre 1779.

Madame ma chère fille,

La vôtre du 16 par le courrier me rassure entièrement sur votre santé et sur celle de votre chère fille, mais ne nous contente pas sur une autre grossesse, que j'attends avec tout l'empressement. Votre fille fera bientôt un an ; il lui faudrait un petit compagnon, que nous souhaitons tous.

Ce que vous me dites des flottes est triste pour l'accélération de la paix, et qu'une autre année les Anglais ne seront pas pris au dépourvu, et cela coûtera plus de peines, dépenses et sang ; mais dans le moment présent il n'y avait rien de meilleur à faire pour les conserver. Je sais que le roi de Prusse nous fait passer pour bons Anglais ; je sais que je suis de cœur et d'intérêt bonne Française, et que tous les avantages qui peuvent venir à la couronne, je les regarde comme les nôtres, et que c'est la raison que je souhaiterais tant la paix, comme le seul vrai bonheur dans ce monde, et pour des souverains qui ont de la religion et aiment leurs peuples. Vous savez que nous ne nous sommes offerts qu'autant que cela puisse convenir au roi ; s'il peut en sortir sans nous et sans qu'aucune autre puissance hors l'Espagne y mette du sien, nous serons très contents. Il n'y a que la confiance et l'amitié que nous croyons mériter qui puissent entretenir et nourrir cette heureuse union, et nous avons été fort contents comme M. de Vergennes s'est expliqué vis-à-vis de Mercy en dernier lieu.

Votre sœur de Naples souffre beaucoup dans sa grossesse ; je crains qu'elle n'ait encore une fille. Le voyage de votre frère de Milan pourrait souffrir quelque retard, le duc de Modène ayant été très mal. Il l'est moins, mais à quatre-vingts et quelques années il n'y a guère à espérer du mieux.

Je voudrais vous gronder sur tout ce long compliment que vous me faites à la fin de votre lettre. Je n'exigerai jamais des attentions recherchées, mais j'avoue, la moindre marque de votre souvenir et tendresse me réveille pour bien du temps, vous aimant si tendrement et n'étant occupée que de mes chers enfants. La reine de Naples me gâte un peu par ses attentions ; elle ne peut se consoler encore du fils. C'est aussi une grande perte ; que Dieu vous préserve à jamais de perdre un enfant ! Je vous embrasse tendrement.

Vienne, 1er de l'an 1780.

Madame ma chère fille,

Je ne saurais commencer mieux l'année qu'à vous faire mes tendres compliments et souhaits, et le premier objet, c'est toujours un dauphin, et encore cette année-ci. [...]

Voilà ma réponse pour le roi. Je suis enchantée de votre tendresse mutuelle et attention, je compte bien là-dessus en toute occasion. La France ne peut être entièrement tranquille sans nous, et nous sans elle ; cette alliance est la plus naturelle et la plus convenable et la plus chère, et j'étais très contente comme on s'est expliqué à cause d'un certain M. Zoteux ; tâchez qu'on s'explique toujours et ne laisse rien en doute. Si on croit que de notre côté il y a du louche, qu'on en parle à Mercy ou qu'on s'explique ici ; nous serons charmés de nous expliquer, car nous n'aurons qu'à gagner, étant entièrement attachés de cœur et d'intérêt au système. Nous en ferons de même, il le faut, avec ce cruel roi de Prusse, qui n'invente des choses que pour brouiller et nuire ; c'est ainsi qu'il nous dépeint entièrement Anglais. Vous savez tout ce que nous avons dit et fait : pas une parole de plus. Que le public et même notre noblesse sont très portés pour les Anglais, ce sont des anciens préjugés, comme chez vous contre nous aussi ; mais aucun en place ou du ministère ne l'est sûrement, et du fils et de la mère je réponds, pourvu qu'on entretienne le premier dans ses bonnes dispositions d'à cette heure, et que la conduite de vos ministres en empire ne se trouve toujours contraire à ceux de l'empereur, ce qui donne lieu à de continuelles altercations, et ouvre la porte aux mauvais intentionnés à brouiller les choses et à se jeter au roi de Prusse. Je ne suis rien moins que contente de la situation en Amérique, ni des flottes. L'année qui vient, vous aurez le double des forces contre vous ; les ressources des Anglais sont immenses et le fanatisme incroyable. Vous savez ce que je souhaite comme bonne Française et mère de leur chère reine : la paix.

Je me suis mal expliquée sur le voyage de Ferdinand. Il fera un tour en Italie, à Florence, Rome et Naples ; mais cette négligence m'a attiré une charmante explication de votre part, le croyant heureux en comptant son voyage pour ici. Sans compliment de votre part et non plus de la mienne, je peux vous assurer que ce trait dans votre lettre m'a touchée tendrement et je vous embrasse de même. Ce que vous me dites de votre petite me charme. Je suis charmée que Vermond se trouve avec vous, j'y ai toute ma confiance, connaissant son attachement. Il le faut tel qu'il l'a pour rester sans ambition à une grande et tumultueuse cour ;

vos bontés seules l'attachent. S'il pouvait me faire avoir ce livre, dont je joins le titre; par aucun libraire je ne l'ai pu avoir. J'ai deux tomes, et deux me manquent.

Vienne, 1er février 1780.

Madame ma chère fille,

Je suis toute rassurée sur votre santé. Les rhumes ont dû être plus mauvais en France que chez nous. Grâce à Dieu! que vous étiez quitte et votre charmante petite, en trois jours. Je crains que le carnaval ne cause encore des rechutes, le temps étant abominable, et le retour de Paris à Versailles me déplaît infiniment. Il me paraît que Lassone a raison de vous donner du fer, qui a fait merveille auprès de la reine de Naples, et une saignée ne vous fera du mal. Je pouvais compter d'être grosse, quand je me faisais saigner. Je suis donc bien contente de tous ces arguments, et en attends en quelques mois les effets tant désirés et si importants pour vous. Au reste toutes les nouvelles de toute part, écrites et imprimées, donnent la parfaire union entre vous deux, que le roi marque en toute occasion tant d'affection et attention pour vous que c'est un charme, mais qu'il y a aussi bien qui osent en abuser. On dit que la Polignac[27], sous le seul titre de la faveur auprès de vous, a demandé le comté de Bitche à ériger en duché. Le public était surpris d'une demande qui annonce plus d'avidité que d'attachement. On dit à cette heure que vous voulez lui faire donner encore des millions. Je ne fais point de cas de ces bruits, ne les croyant vraisemblables, mais je trouve nécessaire et utile que vous en soyez instruite, surtout dans les circonstances où l'État a tant de charges à soutenir.

Je souhaite bien que la campagne future ait moins de pénible et plus d'utile à procurer, mais les Anglais auront des forces bien supérieures. Ils font des préparations énormes et paraissent partout gagner de vitesse ; l'escadre de Rodney fait craindre même pour l'Europe.

On ne trouvera plus les moments si favorables que ceux de l'année passée, et, je vous avoue, l'intérêt tendre que je prends à vous, mes chers enfants, et à votre couronne, me fait souvent passer des moments bien inquiétants.

Bien des remerciements pour la belle et précieuse tablette, qui me fait bien du plaisir, de même la lorgnette que j'ai déjà éprouvée, qui est excellente et me convient d'autant plus, mes yeux devenant journellement plus faibles, et ne pouvant me servir de verres pour lire ou écrire. Votre frère Ferdinand et elle (comme comtes de Nellenbourg) ont déjà passé à Rome le 19 ; ils étaient reçus au mieux. Le Saint-Père les a reçus avec une tendresse et attention touchantes, et tous les particuliers, mais surtout le cardinal Bernis, de même Grimaldi se sont distingués ; et, je vous avoue, dans ce moment-ci j'en étais bien aise. On voit par là notre étroite union, qu'il importe d'être connue, comme elle est gravée dans nos cœurs. Actuellement ils sont à Naples, et pour l'état avancé de votre sœur, je ne suis pas tout à fait hors d'inquiétude, connaissant son activité et l'agitation de son âme. Celle-ci vous viendra en carême; je vous prie de penser sérieusement à votre santé, et de ne rien gâter en montant trop à cheval. Les autres amusements cessant, je crains avec le retour du beau temps cet exercice. En vous embrassant tendrement, ma chère et plus que chère fille.

Schönbrunn, 30 juin 1780.

Madame ma chère fille,

J'étais bien touchée de la façon que vous vous êtes prise sur la coadjutorerie de Cologne : cela ressemble au tendre cœur de ma chère fille pour sa famille; mais je ne l'étais pas moins de la façon comme le roi s'est expliqué par rapport à vous et à moi. Je vous charge de lui en marquer combien j'étais touchée et que j'y compte, qu'il peut être assuré que c'est le seul moyen de faire du bon en empire, d'avoir le même langage. Nous n'en abuserons jamais;

mais nous préviendrons par là les cabales des autres, dont ils se servent adroitement, et même de vos ministres qui parlent toujours selon leur instigation, la plupart étant de jeunes gens qui croient par là se faire valoir.

L'état de mon cher beau-frère me désole. Je lui étais, et à juste titre, tendrement attachée ; il était la bonté même, et a rendu sa province la plus heureuse de la monarchie. Vous dites fort bien que c'est triste de voir éteindre la maison de Lorraine ! Vous avez bien raison ; j'ai eu le malheur de voir celles d'Autriche et de Lorraine s'éteindre, et elles ne revivent qu'en vous, mes chers enfants ; puissent leurs vertus et bontés s'éterniser en vous ! Vous avez de beaux exemples. Je n'espère plus rien pour ce prince ; il pourra traîner, mais misérablement ; il ne veut pas connaître son état, il lutte contre. Il m'a écrit une assez longue lettre par le courrier le 20 de ce mois, qui m'a fait grand plaisir, où il ne me dit rien que fort légèrement sur sa situation.

J'ai envoyé à Mercy un extrait des nouvelles que j'ai du voyage de l'empereur. Il ne m'écrit que peu, étant surchargé de fêtes et représentations, et il ne pourra s'expliquer cordialement, les courriers passant par les États des Russes et de la république de Pologne, et même à cette heure de Pétersbourg par ceux de Prusse. Ce ne serait pas la première fois qu'un courrier fût perdu. Il vaut mieux ne rien risquer, pour ne pas gâter les choses ; pour les améliorer, je ne crois pas qu'on y pense et oserait se flatter. Ce voyage me fait bien de la peine, et encore un qui mettra le comble à mes inquiétudes, surtout après la terrible émeute, inouïe entre les puissances civilisées, qui vient de se passer[28]. Voilà cette liberté tant prônée, cette législation unique ! Sans religion, sans mœurs rien ne se soutient. On parle d'un grand avantage remporté à la Caroline par les Anglais ; j'en serais bien fâchée : cela les rendra encore moins traitables, et la paix que je souhaiterais tant, éloignée.

Vous dites que je suis inépuisable en attentions ; je le suis en tendresse et n'ai d'autre occupation plus chère que d'être occupée de mes chers enfants. Ce sont les seuls moments heureux de ma vie pénible; la charmante reine de France ne contribue pas peu, mais il nous faut un dauphin. Jusqu'à cette heure j'étais discrète, mais à la longue je deviendrai importune. Ce serait un meurtre de ne pas donner plus d'enfants de cette race, car on dit une merveille de santé et de charme de votre chère petite.

Vous voulez vous charger pour me fournir l'eau divine. Toutes celles envoyées sont trop fortes. J'envoie une petite fiole à Mercy de mon ancienne, puisque vous en offrez si agréablement : cela me la rendra de toute façon salutaire. Je vous embrasse tendrement.

Schönbrunn, 2 août 1780.

Madame ma chère fille,

Vous m'avez sensiblement touchée de vos regrets pour votre cher oncle, et par l'attention de me l'avoir marqué tout de suite. Tout ce qui me vient de ma chère fille et de son cœur m'est bien cher. Je dois la réussite de l'établissement de votre frère au roi et à vous toute seule, qui vous vous êtes si obligeamment prise dans cette affaire, qui vous fait même honneur dans l'étranger, autant que de reconnaissance dans la famille. Mais notre mauvais voisin est furieux, et ses adhérents, comme Hanovre et l'Hollande. Il n'y a sorte de promesses et vilenies qu'on n'emploie pour faire manquer encore à Munster, et Mercy sera chargé de vous en informer plus en détail, et je vous prie de lui donner l'occasion qu'il puisse vous parler et informer. Pour votre propre bien et celui de la France, il faut prévenir les mauvaises intentions de nos ennemis, qui sont les mêmes de nous deux ; tant que nous resterons intimement unis, le bonheur de l'Europe sera fixé. On ne saurait trop prévoir et prévenir sur cet important objet. Je sais qu'un préjugé ancien prévaut chez vous : la prépotence de notre maison et son esprit d'agrandissement. Pour ce dernier je peux vous en répondre qu'il n'existe pas, hors que d'autres s'agrandiraient, alors on serait forcé aussi ; mais pour la prépotence de notre maison, elle n'existe plus du tout et pour le bien général trop peu, depuis que le roi, notre méchant voisin, a tous les catholiques, surtout à cette heure la Saxe, qui renchérit en tout encore sur lui et qui, par sa situation, nous est très incommode. Depuis quarante ans je n'ai pu gagner sur cette nation quelque chose, qui, en toute occasion, nous a plus fait de mal que les Prussiens mêmes. L'affection que je portais de tout temps à la famille et à leurs établissements n'a rien changé du ministère et du gros de la nation. Vous voyez dans l'affaire de Cologne que nous avons peu d'amis, et c'est la raison pourquoi je souhaite tant que la France envoie des ministres sages et qui se concertent avec les nôtres, surtout en Empire ; autrement nous perdrons tous deux toute l'influence, et nos ennemis gagnent, et même ceux de notre religion. Il n'y a que le nouveau ministre, envoyé à Cologne, qui se comporte selon les intentions du roi, c'est ce qui ranime l'électeur et les bien-intentionnés, qui sans cela auraient pu se laisser intimider, sans qu'on aurait pu le leur trouver mauvais, étant exposés.

Je viens de recevoir un courrier de l'empereur du 23 de Riga ; il est parti de Pétersbourg comblé de politesses et d'amitiés, mais rien de plus. Mercy vous informera plus en détail, et je ne crois pas que ces assertions qu'on lui prêtait, de vouloir servir les Anglais, aient pu avoir une apparence de vérité. J'espère que M. Vérac rendra bien témoignage, et la lettre que l'empereur vous a écrite de là marque bien son attention et le contraire. Cela me fait bien plaisir ; j'aime à voir éterniser mes sentiments dans mes enfants.

La sortie que vous faites sur l'autre voyage[29] que l'empereur a en vue, mais seulement à la paix générale, est conforme à ma façon de penser ; mais je vous avoue, il m'a un peu amusée de vous voir si vive sur ce point. Je ne le suis pas moins, et depuis quelques années cette nation gagne furieusement partout ; on ne peut assez se précautionner et prévenir leur séduction et influence en tout. Je suis bien fâchée que cette campagne n'a pas été mieux que les autres, après toutes les dépenses du roi et bravoure de la nation en toute rencontre.

Voilà assez politiquer, revenons à nos tendres intérêts. Point d'apparence de grossesse, cela me désole : il nous faut absolument un dauphin. Je regrette presque le mouvement modéré à cheval, et les longues veilles sont ce qui est le plus pernicieux pour cet objet. Il faut du repos et non de la lassitude. Le roi se retire de bonne heure et se lève de même, la reine fait le contraire : comment peut-on espérer du mieux ? Car, ne le voir qu'en passant, on ne saurait espérer de réussir !

Pour constater votre bonheur et même celui de la France, il faut cela. Je ne peux être indifférente et vous embrasse tendrement.

Vienne, 3 novembre 1780[30].

Madame ma chère fille,

J'étais hier[31] toute la journée plus en France qu'en Autriche, et j'ai récapitulé tout cet heureux temps d'alors, qui est bien passé. Le souvenir seul en console; je suis bien contente que votre petite, que vous dites si douce, se rétablit, et de tout ce que vous me dites sur votre état avec le roi. Il faut espérer les effets. J'avoue que je ne savais pas positivement que vous ne couchiez pas ensemble, je le soupçonnais. Je ne peux trouver que valable ce que vous me dites, mais j'aurais souhaité que vous auriez été à l'allemande, plutôt pour une certaine intimité que cela entraîne après soi, se trouvant ensemble.

Je suis bien aise que vous comptiez reprendre toute la représentation à Versailles : j'en connais tout l'ennui et le vide; mais croyez-moi, s'il n'y en a pas, les inconvénients qui en résultent sont bien plus essentiels que les petites incommodités de la représentation, surtout chez vous, avec une nation si vive. J'aurais bien souhaité comme vous que l'hiver aurait mis fin aux voyages de l'empereur ; mais il est tout occupé de se rendre aux Pays-Bas au commencement de mars et rester tout l'été dehors. Cela augmente tous les ans, et cela augmente mes peines et inquiétudes, et à mon âge j'aurais besoin de secours et de consolation, et je perds tout ce que j'aime, l'un après l'autre ; j'en suis tout accablée. L'empereur, après avoir été à Bruxelles et vu le pays, compte se rendre en Hollande, et peut-être vous rendre une visite, que je préfère bien au passage de la mer, et même aux dépens de la durée de ce voyage.

Je suis inquiète pour la Marianne [32], qui est tourmentée par une dureté à l'estomac causée par sa terrible conformation, qui lui fait rendre tout ce qu'elle mange, sans effort, mais à la longue cela ne saurait se soutenir. Elle a pris un rhume, ce qui l'incommode beaucoup ; au premier accident à l'estomac il n'y a rien à faire, provenant d'une cause pareille. Je la vois souffrir avec peine, et son courage, que vous lui connaissez, commence presque à l'abandonner. Moimême je suis travaillée quatre semaines d'un rhumatisme au bras droit, qui est cause que celle-ci est encore moins bien écrite que d'ordinaire, et qui me fait finir, vous assurant de toute ma tendresse.

NOTES

1. La comtesse de Noailles, dame d'honneur de Marie-Antoinette. Celle-ci, supportant mal sa rigidité en matière de protocole, l'avait surnommée « madame l'Étiquette ». (C.T.)

2. Le comte de Mercy-Argenteau, diplomate autrichien, ambassadeur de la cour de Vienne à Paris. Sa fidélité à l'égard de Marie-Thérèse est entière. (C.T.)

3. L'empereur : Joseph II ; l'oncle : le prince Charles de Lorraine, frère de l'empereur François Ier (le mari de Marie-Thérèse) ; la tante : la princesse Charlotte de Lorraine, sœur de ce dernier.

4. Marie-Caroline : de trois ans plus âgée que Marie-Antoinette et sa sœur préférée. (C.T.)

5. Mesdames (Adélaïde et Victoire), filles de Louis XV, tantes de Louis XVI qui leur était très attaché. Madame Louise venait de se faire carmélite. (C.T.)

6. Abbé de Vermond. Ancien précepteur de Marie-Antoinette à Vienne. Il est à Versailles son lecteur et proche conseiller. Il est, comme Mercy-Argenteau, aux ordres de Marie-Thérèse. (C.T.)

7. Le cardinal de Rohan. Il a été nommé au poste d'ambassadeur de France à Vienne, où il succède au baron de

Breteuil. Le comportement de Rohan (son insolence, son immoralité, ses dettes) va déplaire en tout à Marie-Thérèse. (C.T.)

8. Le comte de Provence et le comte d'Artois, frères de Louis XVI. (C.T.)

9. Le marquis de Durfort, envoyé de France à Vienne de 1766 à 1770, avait été chargé de demander la main de Marie-Antoinette pour le dauphin, et de l'accompagner en France.

10. Madame du Barry, dernière favorite de Louis XV. La Cour à son égard était partagée en deux clans : ceux qui acceptaient sa présence et ceux qui, telles Mesdames et Marie-Antoinette, la refusaient. (C.T.)

11. *Verschmach* : rancune.

12. La grande duchesse de Toscane.

13. Le roi d'Espagne.

14. La fleur en diamant que lui avait apportée le baron de Neny. Sur le vase qui lui servait de support étaient représentées des vues du château impérial.

15. Louis XV était mort de la petite vérole le 10 mai 1774. (C.T.)

16. De notre digne roi.

17. Le frère de Marie-Antoinette, l'archiduc Maximilien, qui voyageait sous le nom de comte de Burgau. (C.T.)

18. Joseph Mesmer, directeur et recteur des écoles de Vienne, et qui avait enseigné à écrire en allemand à Marie-Antoinette.

19. Turgot et Malesherbes.

20. C'est-à-dire le grand-duc Léopold et sa femme et le duc de Saxe-Teschen avec l'archiduchesse Marie-Christine.

21. L'archiduc Maximilien.

22. L'affaire de Bavière : à la mort de l'Électeur de Bavière

en 1777, l'Autriche déclare avoir des droits à la succession. Prétention qui suscite le désarroi de l'héritier légitime, l'Électeur Palatin, et la colère de Frédéric II, qui voit en cet abus une atteinte à la constitution de l'Empire. Encore une fois, la guerre est déclarée entre la Prusse et l'Autriche. Mais, grâce à l'entremise diplomatique de la France et de la Russie, un armistice est conclu en 1779. Le traité de Teschen accorde la Bavière à l'Électeur Palatin. L'Autriche doit se contenter du district de l'Inn. Tout au long de cette affaire, Marie-Thérèse ne cesse de presser sa fille pour qu'elle obtienne de Louis XVI que la France s'engage aux côtés de l'Autriche. Le roi refuse son intervention militaire.

23. Alexandre Roslin : portraitiste, né en Suède. Il était très à la mode à son époque. (C.T.)

24. Mercy écrit à l'impératrice : « L'état de grossesse de la reine lui donne maintenant une consistance si supérieure à celle qu'elle a eue par le passé qu'il en résulterait ici en tous sens les changements les plus avantageux si cette auguste princesse savait bien évaluer sa position, ainsi que tout le parti qu'elle peut en tirer, eu égard à la portée d'esprit et de caractère du roi et à la tournure de ses ministres actuels. » Le 19 décembre 1778 devait naître une fille, nommée Marie-Thérèse. (C.T.)

25. Le roi de Prusse.

26. Le grand duc de Toscane arrivait à Vienne avec sa femme.

27. La duchesse de Polignac, favorite de Marie-Antoinette, qui succéda à la princesse de Lamballe. (C.T.)

28. Marie-Thérèse fait allusion ici au voyage que Joseph II projetait en Angleterre, et à la terrible émeute contre les catholiques, qui éclata dans Londres le 2 juin.

29. Le voyage en Angleterre que projetait l'empereur.

30. Dernière lettre écrite par Marie-Thérèse avant sa mort.

31. Le 2 novembre était le jour anniversaire de naissance de Marie-Antoinette.

32. L'archiduchesse Marie-Anne, sœur aînée de Marie-Antoinette, et qui était contrefaite.

CHRONOLOGIE

1717. Naissance à Vienne de Marie-Thérèse d'Autriche, fille de Charles VI, empereur d'Allemagne, roi de Hongrie et de Sicile.

1736. Mariage avec François, duc de Lorraine. Le couple aura seize enfants.

1738. Naissance de Marie-Anne.

1740. Mort de Charles VI. Celui-ci, en l'absence d'héritier masculin, avait promulgué la Pragmatique Sanction, laquelle rencontre une opposition immédiate de la part des souverains européens. Marie-Thérèse mène une habile politique d'alliance et une brutale guerre, la guerre de Succession d'Autriche, pour essayer de garder ses États.

1741. Naissance de Joseph, suivi de Marie-Christine (1742), Marie-Élisabeth (1743), Charles-Joseph (1745), Marie-Amélie (1746), Pierre-Léopold (1747), Jeanne-Gabrielle (1750), Marie-Josèphe (1751), Marie-Caroline (1752), Ferdinand (1754)...

1755. Naissance de Maria-Antonia, suivie de Maximilien-Franz (1756).

1756-1763. Guerre de Sept Ans.

1763. Le peintre Liotard fait le portrait de ses enfants. Il est invité à les représenter dans des poses ni oisives ni lascives.

1765. Mort de François Ier. Son fils aîné devient empereur sous le nom de Joseph II. Il « partage » le pouvoir avec sa mère : il voyage, elle règne.

1770. Mariage de Marie-Antoinette avec le dauphin de France.

1775. Mort de Louis XV. Début du règne de Louis XVI.

1772. Partage de la Pologne, entre l'Autriche, la Prusse et la Russie.

1778. Naissance de Marie-Thérèse, fille de Marie-Antoinette.

1778-1779. Guerre de Succession de Bavière.

1780. La France s'engage dans la guerre de l'Indépendance américaine.

Mort de Marie-Thérèse à Vienne.

Dans la même collection

La princesse Camion. Mlle de Lubert
Le Chat noir. F.M Luzel
Conte véridique. E.T.A Hoffmann
Bregantino Bregantin. L. Cabrera
La chatte Cendrillonne. G. Basile
Ceci n'est pas un conte. D. Diderot
Le compagnon de voyage. H.C Andersen
Contes hiéroglyphiques. H. Walpole
Les héritiers du Majorat. A. von Arnim

De l'esprit des étiquettes de l'ancienne cour et des usages du monde de ce temps. Mme de Genlis
Lettres à une amie d'enfance. Mme Roland
Mémoires du comte de Comminge. Mme de Tencin
Mémoires de jeunesse. Mme de Staal-Delaunay
À Horace Walpole. Mme du Deffand
Madame ma chère fille. Marie-Thérèse d'Autriche
Mon ami je vous aime. Julie de Lespinasse
Réflexions sur le procès de la reine par une femme. Mme de Staël
Une enfance à la cour de Prusse. La Margrave de Bayreuth

Réalisation Pao : Dominique Guillaumin

Achevé d'imprimer
sur les presses de l'imprimerie Hérissey
en avril 1996.

No d'imprimeur : 72546
Dépôt légal : avril 1996

8169